ZHANG CHENG LE JU BEN DE YANG ZI

王丽萍 著

文匯出版社

目录

第一季 小日子

缝包裹 /003

熟年相亲记 /007

看得见的风景 /011

为你写诗 /018

你会有好运气的 /024

小馄饨 /027

通讯录 /032

人长久 月更圆 /036

插曲 /041

味道 /046

人在旅途 /051

火车哐当声中的杨梅酒 /059

第二季 好时光

新兵连 /071

最美丽的要算我对亲密战友的回忆 /080

工资 /092

幸福的一部分 /095

我的天才女友 /100

萍水相逢 /107

上海的点点滴滴 /111

猫言猫语 /115

第三季 老地方

嘿,邻居 /127

做香肠 /133

穿过记忆的生煎与馄饨 /139

妈妈的汤圆 /144

桂花的一生要经历什么 /147

小辰光 /151

妈妈的秘密 /154

父亲给我洗头 /161

走过路过 /166

北京印记 /169

热气腾腾的早市 /173

倾听与告白 /177

第四季 大生活

那些相遇与相识，都是故事 /183

手机链 /189

见证那些相亲的节目 /194

写字的人 /204

那么多人睡不着 /208

一起走过春秋冬夏 /214

2019 年的难忘记忆 /221

新手上路 /226

没完没了的故事 /231

十年 /238

书写美好时光 /242

说斯瓦希里语的媳妇儿 /249

长成了剧本的样子 /254

后记 /265

第一季 小日子

缝包裹

1999年，我刚刚来上海时租房在徐家汇，那一带有九栋轰轰烈烈的住宅公寓建筑，在电影电视剧里，这九栋高楼的辉煌身影常常出现，跟延安路高架外滩下匝道的"亚洲第一弯"一样，成为影视剧作品的经典标志镜头。

我住在某栋楼的二楼。走进门洞后，会有阿姨严格地盯着你看："几零几？"我还没回答，她就笑了，眉目灵动着："哦，租二楼的！我记得我记得！"穿过长长的走廊，中间的一户就是我租的家。开门，听见楼下有狗在声声叫唤，走到窗边，一楼的狗狗抬头望我，目光炯炯，斗志昂扬，跟我一番眼神确认后，它坐在院子里，阳光洒下来，它安宁，我心静。

渐渐，跟那一带熟悉起来，我对常常去的地方也格外地上心，比如，天钥桥路靠近辛耕路的邮局，徐汇邮政支局。

那个时候，没有快递，邮局很是热闹，一进门，人头攒动，一直有人在排队。邮局里有个台子，上面有笔，有绳子拴住，但它常常写不出字来；边上有两个罐子，里面装着糨糊，那些糨糊常常令我联想到西湖藕粉。

寄信的人走到台子前用它粘邮票糊信封。那个糨糊时稀时稠，滴滴答答粘满了台子，以至于你要挖一点点时，需要抬高胳膊，在糨糊罐里的小竹勺或很短的竹片上抹一点点，那个竹片很让人联想起医院口腔科的压舌板。当然，用的人多了，竹片上端都是黏黏糊糊的，所以很多时候我们干脆用手挖，挖完以后趁人不注意在桌边蹭一下，更多的时候、掏出手绢再擦擦清爽。话说回来，那些糨糊至今令人耿耿于怀，很稀，让人十分尴尬，抹少了，拖泥带水，踢踢踏踏；抹多了，信封湿答答的让人很不放心，以至于投入信箱的一刹那你老是怀疑会跟其他的信件粘起来。离开邮局，依旧一步三回头，十分地牵肠挂肚。

那个时候，我婆家给我从安徽寄来茶叶，有黄山毛峰和六安瓜片。我到邮局收了，再转寄到杭州娘家，给我爸爸妈妈喝。当时邮局已经以人为本了，好像知道你要寄茶叶，有寄件小纸箱准备，我忘记多少钱一个，反正不贵。对茶叶这样蓬松怕潮的东西，买个纸盒还是很方便的。

话说那一天，我三下两下寄好茶叶，正要离开柜台，听得边上有人轻轻说："你好！"我回过头，只见一个男子怀里抱着一个包裹，眼巴巴地看着我。我指指鼻尖："我？"他点点头，指了指手里的东西："你帮帮我好不好？我不会缝。"

5

　　原来他在自己缝布包裹啊！我看看他，约莫30岁，现在依旧记得他眉清目秀很书卷气的样子。他求助的样子十分有趣，今天想来也忍不住要笑起来。他面前的包裹小小的，棉布质地，是一块已经很旧不用的台布。缝这些小东西对我而言游刃有余。于是接过他带来的针线我利索地缝了起来，我问他，为什么不买个箱子呢？这样里面的东西也不容易挤坏。他点头，嘴上却说："都已经缝了，就算了，以后我注意了。"我瞄瞄包裹上的名字，有个"秀"字，想必是个女的了，于是我说："寄给女朋友啊？"他轻轻咳嗽了一下："送给她爸妈的。"我继续道："是茶叶吧？你多少钱一斤买的？"他惭愧地笑了："是单位发的，但我在包裹上写价值100元。"我笑："你还蛮会来事儿。"

　　那个时候，邮局有寄包裹的柜台，用布做包裹是家常便饭，我看见还有人用旧汗衫缝成的包裹，用很旧的衣服或者已经发黑的毛巾缝的包裹。现在的快递业如此发达，寄件都是上门服务，有轻薄的专用塑料袋，当然更多的都用纸箱纸盒。

　　回到那年那月，当我缝到布包裹的最后一针时，打好结，正寻思着如何扯断那个线头时，只见他从口袋里掏出一个指甲钳，凑上来，轻轻地将线剪断。我一愣，这是多么细致的人啊。

现在，那个邮局依旧还在，偶尔去邮局附近买白玉兰的小甜球，会多看一眼邮局，不知道后来的他跟她有没有走到一起呢？不过我相信，当年那个女孩子家人收到缝得如此细细密密的包裹时，一定是很愉快的。

熟年相亲记

她坐在露天花园的一角，点了红茶，服务生问："加冰？"她连连不不不，要热的。

55岁以后，她就断了冰咖啡、冰淇淋、冰啤酒，现在的她，包包里有保温杯、围巾、伞，还有速效救心丸。

她今年59岁。已经单身10年。老同学介绍了一个，她阴势刮搭："我也蛮忙的。"老同学道："你忙你忙，天天对着手机打掼蛋，真要是一个人在家跌倒了，喊天天不应，有个老来伴相当于有份安慰吧。"她翻翻白眼，"嗯"了一记，道："'老来伴'难听死了！"

说是这么说，人还是来了。对方很瘦，径直走向她，她也没有那种"相亲"的不安，真是年纪大了啊，连害羞与虚荣都是遥远的词语了，更别提什么叫"相见恨晚"的感觉了。

对方："你是刘小姐吧？"

就算被叫作"刘小姐"，她也波澜不惊，反而感觉他有点装腔作势，如果叫自己"女士"会更自然一些。她朝他点点头，对方坐下。她从脚往上看，对方一双球鞋、牛仔裤，这两个部分没有差评;再往上看就"人车分流"了:一件白色T恤,显然洗过多次,有点瓢,松松垮垮贴着身体吸着肉,虽然消瘦,但即使坐着整个人也是垂下来了的……再往上看到一张脸,无风又无雨,问题是头发刚刚染过,墨墨黑。他一笑,一口过分亮白的烤瓷牙在阳光下闪瞎闪瞎。

对方说:"你已经点好了?那我就加一杯咖啡了。"

她心里虽然作天作地了,但假牙与染发,还是对生活有热情的表达吧?此时服务员问他:"要不要加糖?"对方摆手:"不不不,我糖尿病,不吃糖。"她一愣,对方加一句:"别误会,我血压血脂都还好。糖尿病很多年了。问题不大。"她喝着咖啡,不再看他。只是有点懊恼,不是说相亲吗?上来就说体检,人生真是越来越无趣啊。

很快他的咖啡上来了,他抿了一口,道:"我现在租了一个公寓,两室户,出门就是滚滚红尘,很方便,你以后要是想约着喝茶逛街打牌,就叫我一声,我现在的人生,就是随叫随到。"

她想问,你这把年纪还要租房?话到嘴边还是咽下去了。跟他也许就是一杯茶的相遇,凡事不必当真。什么叫熟年?就是被岁月煎炸烹煮成为老汤,什么都不会咯噔一记落心落胃了。

9

对方继续说:"介绍人说你单身10年了,想找个人抱团取暖。"她一笑:"抱团取暖就算了,一把年纪说'抱'字有点不合时宜。"

对方连连微笑,身体朝前倾斜,表现出了专心致志,阳光下他的黑发与白牙熠熠发光。他眼睛亮亮地看她:"听介绍人说你喜欢掼蛋,我们要不要来一局?"她嘀咕:"两个人打啊?毛病!"对方精神来了:"现在啊!"她心里倒是真的咯噔一记,看着他,只见他打开包包,掏出一副赤刮辣新的扑克,她被他的样子给震到了,嘴巴都微微张开,露出难以置信的神情。只见他双手扣住扑克,洗牌、叠牌,一气呵成,然后放在她的面前:"你先?"

她伸出手摸着牌,前几天在海底捞吃饭时新做的薄荷绿的指甲同样在阳光下缤纷扑闪,两个人你一张我一张地摸牌,很快进入状态,出牌、思考、狡辩、争执、懊丧、欣慰、得意……两个人在一局掼蛋里经历了男女之间从陌生到熟络到默契到信任的所有阶段,现在已经翻山越岭掏心掏肺了。

她一边出牌一边说:"我之前很担心我半夜跌倒了怎么办?自己叫不了120怎么办?所以才来相亲的。"

对方出牌很快,见缝插针地诉说历史:"我10年前太太走的,孩子后来就出国结婚了,我把我们的房子卖掉折现分给孩子,把财产切割干净,我一口气租了20年的房子,谢天谢地我还能活20年。我早就写好遗嘱,不会给孩子、给社会添麻烦,我还有退休工资和保险,虽然有糖尿病,但是总而言之身体还可以。"

她继续出牌,手气不错、势如破竹,很快她赢第一局。看着他刷啦啦啦地洗牌,她看着她:"以后,我们做个牌搭子怎么样?"

午后的清风中,从树梢上摇曳的绿色不知不觉碎落在他俩的头上,铺进小桌上,他看着她的脸,斩钉截铁:"我愿意。"

看得见的风景

20世纪90年代,我在安徽合肥生活了10年。住的地方是省出版局大院宿舍,地段在合肥三孝口附近。如果再说具体一点,我住的地方旁边有一家"007"饭店,这么一说,在合肥待过住过的人都知道了。那个著名的"007"饭店,有巨辣的面条及好吃的炒面,香飘四周,远近闻名。

今天,当我路过那个因为辛辣而闻名的饭店,心会很踏实,那些跟记忆有关的味道还在,说明老地方还在,也意味着往事的一切都有据可依,有路可循,一切未曾丢失。

我住在大院5号楼的四楼。这些公寓都是20世纪80年代的房子,房间很小,大伙儿住的房型还都一样,这会造成一个困惑:晚上喝多酒的男人们常常在大院里迷路,觉得哪家都一个样儿,那自己的家在哪儿呢?于是,他们就对着不同的公寓楼喊自己的名字,喊着喊着,总能有人响应。通常是一个女人站在窗前,然后探出身子来,对着楼下大喝一句:"勺道(方言,显摆、没事找事)啊你!这块呢!死回来!"

我们在房间里都听见了,忍不住要笑,现在想想也要笑。

我住的公寓的楼道里常常有酒鬼那点事儿。他们走错了楼道，靠在楼梯扶手上，脸上带着迷惘且若有所思的表情。我第一次看见的时候，发现对方梦游般的表情被吓个半死，真以为出了什么大事儿，对方很认真地伸出手来，一字一句说："我把牛顿给喝傻了，牛顿的酒量不照。"

这样的故事隔三差五地发生，见怪不怪。如果不认识，你就当啥也没有发生，如果认识，就打个电话给他家人。他家人拿起电话就炸了："啊？跑你们楼里去了？别理他！"

这样的段子层出不穷，我先生酒后走错进了4号楼，第二天4号楼的邻居看见我，喜笑颜开："昨晚他喝多了吧？"我灰溜溜赶紧低着头跑。好朋友山今老师在某个冬天的夜晚，酒后掉进正在开挖的过道里，今天提起往事，他都后怕不已："万一我没被人发现，会不会冻死了呢？"

往事用来回忆就忍不住牵肠挂肚，也带了千滋万味，令人百感交集。

说起滋味，忍不住要说说住在我楼上五楼的邻居老周了。每年3月的时候，老周都会摩拳擦掌做他的拿手好菜"炒螺蛳"，这是南方人特有的季节限定，也是江南人最爱的应景佳肴。通常老周会多炒一些端给我们吃。实在是因为他手艺太好，加上我们的大力赞美，老周家的炒螺蛳成为我们等到春天的特别节目。

每年2月底,老周就咚咚咚地上楼来提前播报:"今年的螺蛳,我已经跟菜场定好了。"过几天,他继续预报:"现在的螺蛳太小,吃不到东西,再等等。"数日后,他在我们的门前停留,隔着纱门掷地有声:"快了,今年的螺蛳好肥!"他这个节奏,有点像每年春天东京的樱花地图,已经开到哪儿了,即将开到哪儿了,每天都有更新和播报。而老周家的炒螺蛳从菜场的预约到已经进入他家的大脸盆,我们在咚咚咚的脚步声中敲锣打鼓地迎接老周的炒螺蛳。

3月了,老周站在走廊里,奔走相告:"螺蛳买好了,要养几天让它们吐个沙!"我跟先生鼓掌,只争朝夕。次日,老周下班了,看着我们敞开着屋门,他憨厚的脸上有种严阵以待的责任感:"我这就上楼去炒螺蛳!"话音刚落,先生无缝对接:"我也提前下班了!"

黄昏的光芒洒进屋里,从北边的窗户望过去,对面的公寓楼里已经灯光点点。他们的阳台上,女人在收晒了一天的衣裳与被子;鸽子声声叫唤着飞回了家;父亲在训斥孩子写作业,还时不时地挥舞着他手里"老头乐"……生活的景色,便是那一道一道的小日子,是处处看得见的风景。

此时此刻,一股浓香辣的味道沁入家里,夹着酱爆才有的浓烈与焦醉，还有生鲜特有的辛腥之味，这些味道在空气里弥漫，我们以此断定老周家的炒螺蛳已经装盘了！我跟先生在桌上摆好碗筷，往酒杯里斟上小酒，翘首以待。一会儿，楼道里传来老周咚咚咚的脚步声，风一般，裹着那股热辣滚烫刚刚出锅的香气，说时迟那时快来到了我家，热气腾腾间，一脸盆的炒螺蛳轰轰烈烈端上桌子。老周喜上眉梢："赶紧吃！趁热赶紧吃！"

吃螺蛳一定不要用牙签，一定要拿手捏，小心烫，也一定要烫，一切都必须是"穷凶极恶"才会"灵魂出窍"。送到嘴边唧啊唧，那股酱油辣椒还有葱姜蒜糖混合之后的万千宠爱是为了再吸入一点点更让你欲罢不能。将螺蛳头跟舌尖碰撞，糯糯有劲道的螺蛳肉还保留着生鲜的顽强与任性，而周边的千滋百味已经与它交相辉映，直抵人间。先生咪一口酒长叹一句："啊！"

第二天我们的手指间，依旧有着炒螺蛳的迷香，走廊里那股浓郁、经久不散的好味道一定是钻入一切地方的，指甲缝，肌理之间，当然，记忆深处。

我在这个大院住了五六年，也吃了老周的炒螺蛳五六年。1999年，我们从安徽调到上海。老周跟我们的好朋友姚哥一起来上海看我们。我们请他俩在万体馆附近的斜土路上一家"小绍兴"吃三黄鸡。三黄鸡躺在盘子里，我看着鸡肉间冒出来的血丝，忍不住说："老周，特别想念你的炒螺蛳！"

这些年我们回安徽，都会跟老周姚哥一起聚聚，也常常说起记忆里的炒螺蛳……友谊就这样天长地久起来，而楼上楼下的邻居感情也在多年以后更添深邃与安静。

话说，从我家朝北的窗户望出去，是大院里的公寓，从朝南的阳台望出去，是一所小学。我刚搬到大院时，很为与学校为邻而高兴，想想看，我上班了，他们上课；我下班了，他们放学。逢到过年过节，那里干脆什么声音也没有，这很令人安慰。

傍晚时，我从朝南的阳台往学校里看。教室安安静静，小桌子小椅子排列得就像童话；有时候我起得早，就站在阳台看对面，可以看见几个早早来校的小学生拿着扫把扫地，还有几个小一点的孩子在大树边捡树叶，他们有时也叫来叫去，声音清丽而悦耳。

真正让我难忘的是某一天的一个中午。我在睡午觉，突然被一声"包大人到"的吆喝惊醒，接着一阵童声清清朗朗叫道"威武"，那声"威武"被孩子们念成了"娃娃——"，我赶紧来到阳台，只见对面二楼的一个教室里，一位老师和一群小男生正在排练《包青天》。那位老师的背影在我的眼里变得十分有趣，只听他中气很足地说："再重来一遍！重来！这次要排好！"他很高亢地叫道:"包大人到!"学生们齐声:"威武!"然后"开封有个包青天……"地唱了起来。估计快到六一节了,对面的学校要表演节目吧。

果然,接下来的几天中午都是如此。总是在吃完午饭那会儿,对面二楼的"包大人"就到了,这个老师以极大的耐心和热情在带领孩子们表演,不厌其烦地练习着。几天下来,孩子的"娃娃"已准确地念了"威武","开封有个包青天"的歌声也有板有眼地唱准了……那是1993年左右,电视剧《包青天》家喻户晓,而演员金超群等人也来到合肥宣传。

六一节过后,中午重归宁静。"包青天"回家了。因为这个感觉十分特别,我写了散文《看得见风景的阳台》,发表在《合肥晚报》上。

某一天的黄昏,我家的门被人敲响,我打开门,门口站着一个陌生人。我迟疑地问:"请问您找谁?"他问:"您是王老师吧?"我点点头。他说:"我问了传达室,他们告诉我你住这里。"我上下打量他,确定自己不认识他,看着我迟疑的目光,他像是想起了什么,从包里拿出了《合肥晚报》,给我看上面的文章,然后很真诚地说:"我就是那个老师。"

我恍然大悟!很是感动。此时此刻,言语都是多余,我们交换了电话,我叫他"包青天老师"。不久以后,我跟闺蜜冬梅拉着她的儿子威威一起去了那个学校找"包青天老师"，威威也在这个学校读书，不好好学习，我跟冬梅找"包青天老师"让他对威威要"威武"点……2023年10月，威威在合肥结婚，婚礼上，威威跟我说起这一段，说他的童年让我们操心了。那个时候，突然想起了"包青天老师"，不知道今天的他还好吗？

时光过去了很多年，我跟朋友再说起这些个往事，大家觉得很多事情在今天已经是不大可能发生了。第一，现在单位的集体大院比较少了，喝酒走错门的事儿更是难得了。第二，看报纸的人少了，谁会因为看见报上的文章也许写的是自己就对号入座上门来了？

当然，也有一些东西至今在延续。比如，邻居家有好吃的会招呼左邻右舍互相分享。那个时候，我自然而然地想到每年的初春，随着老周咚咚咚的脚步声的此起彼伏，焦香辛辣的浓烈味道会充满整个楼道，往日的时光又活色生香地来啦来啦……

那些日子，就像夜色里的灯光，一闪一闪亮起来。而心里的那些个风景，是我的左邻右里、我的亲兄热弟、我楼上楼下的朋友们的独特情谊，那是心里美丽的风景。

为你写诗

英国的冬天，跟英剧里的台词一样阴势刮搭话里有话，早上还是晴朗舒展透着蓝色清澈的天气，不过一个小时光景，当我来到莎士比亚环球剧场附近，天咔嚓就暗了下来，好像一只大鸟唰地带走了明朗晴空，雨点"噗"地就落在你的脚下，哗哗剥剥钻入你衣领后面的脊背上，定睛一看，地上已是一片浸湿。我们狼狈不堪地跑到了剧场里的商店，看见几个一本正经的老人从容不迫漫步着，头上的黑色呢质礼帽配合着微微扬起的下巴，令人想起电影《简爱》里的罗切斯特，老男人有这样的下巴，还是很有腔调的。

莎士比亚环球剧场，学文学的人当然必来，据说英国很多大学里的文学专业教授都会带学生来这里上一节课。我看见网上有导游的价格，一个半小时带你游览剧场，价格31英镑左右。

商店里的物件五花八门。比如，把莎士比亚的头像印在袜子上，慷慨地"请你把我踩在脚下"；有印着莎士比亚经典台词的T恤，上面大写"生存还是毁灭，这是一个问题"、或者"没有人值得你流泪",等等。还有把莎士比亚语录做成口袋书;也有画册,把莎翁戏剧关于猫咪的片段印成漂亮的漫画,名字是"莎士比亚的猫",猫奴一定爱不释手;至于环保包、杯子、冰箱贴、胸针等,你在任何旅游景点看见的文创,这里都有了,以莎士比亚的名义。

从一个斜坡走出剧场,天空在此时此刻又像被刷过一般,呈现出湛蓝的气色,大地元气满满,一眼望去的泰晤士河积极地流淌,千禧桥酷炫地横在古典与现代之间,迎面又走来目不斜视的头戴礼帽的老人,下巴依旧微扬,令你想起一个有着好看下巴的人:阿兰·德隆。

这个时候,路上有个坐着的男子让我驻足,因为他穿着一件鲜艳的橘黄色冲锋衣,那个颜色在茫茫冬日更显光明夺目。再一看,他座位的面前有个木质的小桌子,那个桌子可以折叠,很像宜家的东西,轻薄,好像随时要倒。折叠桌上放着一台打字机,边上是一叠白纸。他的手没有戴手套,被寒风吹得有点发红,令人想起火炉边的胡萝卜;当然,更吸引我注意的是桌子后面坐着的这个男子。看上去40到50岁之间,老外的年龄不大容易判断,戴眼镜,鼻子下面都是胡须,胡须沿着下巴周边都是,淡褐色的,令人想起骄傲的羊。他头戴一顶宝蓝色毛线帽,我看了他一眼,他恰好抬头,社交对视一番后,彼此心知肚明。我看见那个折叠的桌上有一个纸牌牌，上面写着"Poet for hire……pay what you like"。

为你写诗。

在如此古典的莎士比亚剧场与现代的千禧桥之间，在泰晤士河边的路上，我第一次看见这样的一个为你写诗的摊头，别说文字爱好者，游客也会有极大的好奇心为此驻足停留。

我是想尝试一下，并很想知道为你写诗究竟是怎么个写法，对文字热爱的人天生有这样的好奇吧，包括如何付费。虽然他说"pay what you like"，可上一分钟是诗歌的风花雪月，下一秒却需要一五一十的真金白银，理智与情感间的起承转合也是需要你深入观察并加以了解的。

我走到了他的面前，我看着他镜片后的眼睛，浅褐色的，有点玻璃珠子的感觉，他在寒风中的胡子非常柔密，长得很像《国土安全》中的戴米恩·路易斯，我微笑的样子就是在表示我要你给我写诗啦。果然，他微笑以对：你需要怎么样的诗歌，或者你想要如何的意境？我请身边的人翻译，告诉他，我想请他写的诗是关于时间的意义。

他紧锁眉头，开始了苦思冥想，并做出了一个深刻的表情，或者说是很痛苦很纠结的表情，他咬了咬手指，胡子居然抖动了起来，他认真的样子一下子令你感觉创作太不容易了，他一定很辛苦的，脑汁不是力气，出去了不一定会回来的。可他的目光已经望向远方，顺着他的目光看过去，泰晤士河卷着银色，成片成片闪着光亮，一只鸽子冲过来眼看着要扑到地上却又轻盈腾空飞旋而去。这时，他突然说：OK！

这么快就构思完成了啊？我忍不住有点惊讶。短文章似乎更难写啊，他看看我，点点头，低头，面对打字机深呼吸，好像在迎接一个挑战或者一个乐队，现在，他就是指挥了。他像指挥家一样，极具仪式感，有一种现在开始啦的紧迫感。只见他双手啪啪啪地打着字，冻得泛红的双手弹琴般落在打字机上，他左手就用食指，右手则是五指并上，打几行，左手卷一下打字机，然后继续深呼吸，他的样子，更像一个艺术家，演奏出令人心颤的旋律……在那有节奏的打字声响里，你看见白纸上，他写的诗被一行一行地呈现了，他显然诗兴大发不可阻挡，如有神助滔滔不绝。很快，他抽出了纸张，他的嘴唇微微颤抖，他默念了一下，然后，他松了一口气，像完成了一个重要使命一样。现在，他站了起来，拿出早已备好的签字笔，在白纸的底端，签上了自己的名字，开头的字母是L。他用双手将写有诗篇的白纸递给了我，我看着他的眼睛，那眼睛居然露出了一点点的谦卑与羞涩，似乎还有点不安。我接了过来，他吐了一口气，目光投向河水，我在他的目光里看见了河流的样子以及河流深处那奔流的激情。

从我试探着问他写关于时间的诗，到他完成诗歌签名完成，一共5分钟。

然后，他提出可以合影，我站在他边上，对着镜头做出拍照的标准笑容。

终于到了付钱时刻了，这是戏剧的一部分了。我在网上看见有人给街头诗人付过1镑、5镑，当然也有人付过20镑。我哆哆嗦嗦掏出了10英镑现金，当我把握在手心里的现金交到他手里的刹那，他会心一笑，那胡子的金色在阳光下闪动着飘逸着，显然，他是满意的。我收好了诗篇，告别，他说非常非常感谢你。

我没有回头看他，我不知道那些灵感的来源是参考了网络上的诗句，还真的是他苦思冥想而来，在短暂的5分钟的时间里，创作一首诗，给陌生人，这本身，就是关于时间的主题了。

2025年3月，我在成都锦里，看见有"为你画像"的招贴，上面写着"速写，10分钟左右，50元一人"；并提示：可画手机照片；还有的画店门口，写着"当场素描，100元一人"，或者"漫画类，100元一人，订制画300元到1500元一人，全彩，300元一人"。有年轻的男孩子女孩子一起坐在那里，画师在

23

给他们当场作画，周围还围着不少人，有人急吼吼起来："她有刘海啊，你还没有画刘海！"还有人踮着脚从后面望过来，指点江山："男孩子你要放松啊，你胸脯挺起来。"画师忍不住了，回头道："要不你来画？"场面非常有趣。

我突然又想起被称为上海最有人气的爱唱歌的街头艺人罗小罗，他在静安公园唱《朋友别哭》，让我泪崩让我心动；我曾在上海西郊百联的地下广场，看见一男一女在那里弹唱"你说人生艳丽我没有异议"，边上没有观众，他们继续孤单地歌唱，无人喝彩又有什么关系呢，只要你可以歌唱……街头演唱、街头漫画、街头写诗，这些点点滴滴的表达，如果可以成为你的收藏和你的回忆，它就是充满了意义的。

此时此刻，我展开那位 L 诗人写的关于《时间》的诗歌，字里行间将我带回冬日的泰晤士河畔，一位街头诗人为我写下了这样的诗行：

"每一个字和每一个行动 / 都充满了意义 / 那里的金色光芒和我们感觉了永恒的东西 / 我们感觉了从前 / 我们感觉了恋人 / 我们是恋人 / 而不是两起事故 / 我们曾经以为那是永恒的东西。"

你会有好运气的

那个时候还是"招手停"……路边街头,你的身体向前,右手那么一挥,出租车就在你的期待中徐徐停下。联想到某个阶段,街上流行一种发型就叫"招手停",相当的形象生动。

现在回望起来,念念不忘是他的笑脸还有乐乐呵呵的热情洋溢,我招手、上车、入座,报完地名之后,他"哎"一声,车子开了起,他一边开一边哼起歌儿来,有种掩饰不住的高兴。我忍不住要问一句:"什么事这样开心啊?"他得意扬扬道:"我就等着你问我啦,我载一个客人人家就问一遍,我就答一遍。"

那是真高兴了,是那种"噗"地铺出来的喜悦。我问:"那什么事情这样高兴呢?"他回头,嘴角都要笑到耳根了:"我要讨老婆啦!"我说恭喜恭喜。他继续:"老婆之前也是我的客人。"我一听:"你有本事啊。"他连连应着:"对对,我还蛮有本事的。"话到这儿,他更加乐不可支起来:"那你现在是不是要问我,你们怎么认识的?"我说:"好吧,你们怎么认识的?"他用一种原来如此的语气说:"刚刚我说么,她之前也是我的客人。我认识她的时候，她就站在路边拦车子，我奇怪了，前面的出租车为什么都不停，再一看，原来她带着坐轮椅的老人家，老人家坐在轮椅上，她站在路边拦车，身体就要扑到马路上了，手挥得很厉害……可是我的车已经从她身边开了过去。"

我问："那你当时为什么不停呢？"他懊恼地说："是啊是啊，那个很烦的你知道吗？司机都很赶时间，她们这个样子，光是上个车就很费工夫，老人家动作都很慢的，还有那个轮椅，这样大，可以收缩还好，如果轮椅坏掉收不起来，那可真是要死了。收不回来放到后屁股里面，后车盖都盖不严实，警察看见一准罚钞票！我以前遇到过的！"我接着问："那怎么办呢！你已经开过去了！"他眼睛一眯，很神秘的样子："可是，我又掉头开回去了呀！"

现在回溯起来，依旧想象着当时听到他的心声的春风荡漾与心旷神怡，打开车窗玻璃，小风习习，溜溜嗖嗖，听见阳光的声音在外面驰骋飞扬。记得当时，他笃悠悠地，语句的节奏也放得缓慢起来，好像每个细节此时此刻都得轻轻过滤一次："很多时候，你要相信老天还是有眼的，你会有好运气的。那天真是奇了怪了，我的车明明已经开了过去，可我就是忍不住从后视镜里再看看，她还站在那里招手。我没有多想，就觉得一股热劲上来,我要去帮帮她们!所以,我掉头了,我吃了一个红灯,我有点紧赶慢赶地开回去了,我还担心会不会有好心人已经把她们拉走了,可谢天谢地,她还站在那里,她还在挥手。我停车,下去帮她们,我先扶老人家上车,再把轮椅放到后车厢,那个轮椅还真的坏掉,后车厢门也没法关上,可我不管了,我就载她们了。"

我听得津津有味了:"那后来呢,后来怎么样了?"

他得意地笑着,眼睛又弯掉了:"后来啊……好事情就落到我身上了,原来那个老人家是她的妈妈,她在车上就问我要电话号码了,还说要写信给车队表扬我……下车的时候,我说你们以后要用车就给我电话,我直接过来接你们……再后来,我要娶她当老婆了,老人家也成了我的岳母,你说我开心不开心!"

当然开心的……多年过去,我一直记得这个高高兴兴的出租车司机,还有他那句质朴动人且意味深长的话语:

"很多时候,你要相信老天还是有眼的,你会有好运气的。"

小馄饨

爸爸去世后，妈妈跟我们几个孩子分别过了一阵子，最后决定在杭州跟我二哥一起生活。很大一部分原因，是二哥那个时候还单着，妈妈有一种信念，有生之年一定要看见她最爱的小儿子成家立业。这个信念无比强大，如果有女生打电话到家里，妈妈会特别热情，旁敲侧击问其出身、年纪，以及健康等。二哥跟我吐槽："烦死了烦死了。"我立刻坐火车来到杭州。门铃一响，妈妈就出现在我面前，穿得山青水绿，头发也剪过了，嗓子依旧脆生生地好听："来了呀！"

阿姨在家，怕有的话不好说，我就说要去菜市场买小馄饨，妈妈拉着我一起高高兴兴地出门了。

杭州的春天是最最动人的季节，西湖边一株杨柳一株桃，家附近也是新绿点点，空气里似乎听见万物复苏发出的勃勃脆声。走到哪，你的头发梢上都沾了青青草香，十分喜悦。一进菜市场，熙熙攘攘，混合着蔬菜、海鲜及猪肉的味道，形成一种掏心掏肺的质朴。妈妈问，还记得我们以前住在大学路时一起去菜市场买馄饨吗？

当然记得。也是这样的黄昏时刻,我跟妈妈一起去菜市场,那个菜市场有五六处馄饨摊。最里面有一家的摊子上还支着灯,你会一下子被灯光吸引,寻光而行,只见温柔的灯边,包馄饨女人正在忙碌。她五十开外,眉眼舒朗,围白色围裙,身前一张小桌,一碗鲜肉,一沓馄饨皮,身后的竹匾里,包好的小馄饨已经汇在一起簇拥着,边上的小汤料包已经一只一只打好结,里面清清爽爽有虾皮、榨菜、小葱。

那是 2006 年左右,当时的价格是 10 只馄饨 1 元 2 角。妈妈对她说:"我给你 10 元,你找我零的吧。"女人一笑:"我的手不碰钱的,你自己拿;如果是 100 元大票,就到对面的商店去换开来。"妈妈放下 10 元钱,自己拿过找头,给女人看,女人一笑,眼睛大概早已瞄过,却也不动声色。她数好 10 只,装进小塑料袋,再往袋里放入一包汤料,客客气气道一声"再会",妈妈应一句"谢谢"。

那是很美好的记忆,因为妈妈说了一些充满哲理的小心得和小感慨。妈妈说她喜欢这样的人,做事情就做事情,无论做什么,都有个"势",不讨好,不谦卑,不献媚,实实惠惠的,钱就放在那里,相信了你的,才叫你自己去拿;汤料也比其他几家都讲究,人家就几粒榨菜,她家还有虾皮,小葱一看颜色就知道很新鲜,卖馄饨跟做人是一样的。

这一次，我是跟妈妈在家附近的小菜场里买馄饨。摊位上，卖馄饨的阿姨与妈妈热心招呼着，用地道的杭州话问："陈老师，跟女儿荡马路啊？"妈妈看看这家又看看那家，边走边说："包馄饨也很讲究的，你看肉糜搭少就没有了肉味，搭多了就不是小馄饨了，搭多搭少讲究一个刚刚好，恰如其分。"我忍不住抢话："二哥也不小了，你不要管他了。"妈妈在一家馄饨摊驻足，一边跟老板娘说"买20只"，一边看看我道："我们老人家烦是很烦的，因为是过来人，就想着要把生活经验传给你们，就像买馄饨，多看几家才挑到好一点的呀。为什么买这一家，这一家的汤料好，吃馄饨吃到肚皮里没有啥，也就一点点东西，可汤喝下去，要鲜要香，汤料要讲究的。"我一看，只见这家的汤料里有紫菜、虾皮，还有榨菜，外加一根清清爽爽的小葱。

妈妈的人生哲理很小很朴实，也非常平凡。现在，当我想起妈妈的这些个只言片语，点点滴滴都是道理。其实那个时候妈妈的身体已经不大好了，她希望儿女幸福的愿望比谁都强烈。

我们买了馄饨回家，那是2012年春天的黄昏，20只馄饨4元，记得附近平价的点心店里堂吃，10只馄饨是2元5角。我们回到家时，已是万家灯火。妈妈有点吃力了，刚刚坐下，看看墙上的钟，又站了起来，说要下馄饨了。我说是不是等二哥回来再下？妈妈微笑，他6点回来。只见她站在厨房里打鸡蛋，筷子在碗里打出了明快的节奏，然后，她在小锅里洒上一点点油，把蛋液匀称地舒缓地铺在锅里。嫩嫩的蛋液渐渐在锅里"噗吐噗吐"地跳跃着，慢慢地从嫩黄过渡到金黄，在锅里形成了一层灿烂的金黄花边。妈妈捞起后晾着，冷却后再切成薄丝，妈妈的刀功真是一绝，切下的蛋皮有点像我们刨铅笔时刨下的铅笔花一样细薄且有型……此时此刻，开水已经烧滚，妈妈从厨房探出身子，再看一眼挂钟，然后放下那20只馄饨，馄饨一会儿就浮了上来，热气腾腾，将玻璃窗染上一层热气。妈妈从锅子里捞起馄饨，加入汤料，此时此刻，门咔嚓一声响起，妈妈往盛馄饨的碗里淋上两滴麻油，然后二哥就进了家门。此时此刻，妈妈让我一路春风地将馄饨端上桌子。妈妈疼爱地看着二哥："你们先吃馄饨，我们一会儿吃饭，阿姨做好了饭菜。"我看看墙上的挂钟，刚好6点，一切尽在不言中啊。于是，我跟二哥安静地坐在桌边，妈妈就这样看着我们吃，慢条斯理地细数起来："有些事情，我当妈妈的该管还是要管；有些话，我该说的还是要说，你听进去了就是金玉良言……"

墙上的挂钟叮叮当当敲着，玻璃窗上的雾气渐渐散去。

后来，二哥把一位美丽的女生带来见妈妈，妈妈点头，比较满意的样子……那一年的 11 月，妈妈离开了我们。她像是完成了人生的任务一般，安心地睡着了。

以后的日子，我走过路过小馄饨摊，会驻足良久。到小店里堂食，发现没有蛋皮或者紫菜，会摇摇头。到杭州去，二嫂笑盈盈地为我泡茶，抬头一看，厨房里，二哥的背影在那里忙碌，我眼睛一酸，吸住泪水，露出微笑。

通讯录

回婆家坐在沙发上，扭头看右边的茶几，茶几上放着多功能充电器，好几台手机同时在那里充电。突然间有点若有所失，想起以前，婆婆还在的时候，茶几上有一台电话座机，座机旁放着一本通讯录。通讯录米灰色，半本书般大小，上面是印刷体"工作手册"，像是某个会议或者单位发的。通讯录被翻得边角都卷了起来，颜色已经泛黄，摸起来又瓢又塌，纸张软软薄薄，翻动时，稍不留神，就软嘟嘟地脆开了。

那个时候有很多这样的通讯录，有的跟火柴盒般大小，属于随身携带的那种，它们的外面有塑料封皮，里面的内衬有墨绿或大红颜色。翻开，书写的字迹大都娟秀斯文，字写得如米粒般大小，依次而写的是人物、地址、门牌、电话，清清爽爽，极有层次。还有的通讯录是小连环画般的格式，翻阅比较方便，不过通讯录的纸张大多软薄稀脆，用不了多久，卷吧卷吧就成了自来旧。

我爸爸妈妈的通讯录的外皮是黑色塑胶，里面写着七姑八姨亲朋好友的地址与电话，且有不断修改的痕迹，新的笔迹盖住了旧的，涂涂改改，十分繁忙。用笔的颜色也不一样，钢笔墨水后面是圆珠笔的划痕，圆珠笔漏油的话，就渗开晕染了周围。有的地方，显示出无法回头的年代感，比如妈妈会在某个电话后面备注"请秦师母叫一声"，显然那是公用电话了。爸爸的老战友朱叔叔，是跟爸爸一起参加过抗美援朝的，属于生死相交的战斗友谊。爸爸会单独给他一页通讯录，写着他的名字，他夫人江阿姨的名字，再是地址、邮编、电话，下面两行还有他儿子的地址和电话。爸爸说，万一以后有什么事儿，找不到他们，找他们儿子也可以……不过塑胶的通讯录有个很大的缺点，就是封皮容易裂开，特别是塑胶质地的，一裂开就散发出一股胶鞋脱胶的气息，摸上去黏滋疙瘩，每回合上，就要去洗手，一再三叮咛父母要换本新的，可他们一直不肯换掉旧的通讯录。如果有谁搬家了，通讯录上还会提示，通常搬家多、地址更换多、且电话号码多的人，说明他发展好进步快。记得有一天，我看见父亲趴在书桌边，身子弯得很厉害，像要贴住了桌子一般，我上前一看，只见他在某个叔叔的名字上标黑色框框。爸爸说，人走了，我就在心里纪念一下。

  话说回来，婆婆还健在的时候，大年三十我们就围坐沙发一圈，看春晚热热闹闹地开场。婆婆则搬个靠椅端坐在茶几边，那是她的专位。她翻动着通讯录，我们知道她要给通讯录上的朋友打电话了。这么一来,电视机的音量不得不调低,大家互相对望一下,想说什么,又不好说什么。

婆婆年纪大起来的标志,就是讲电话时非常大声,而她自己完全不知道。她会举着通讯录,头微微上扬,右手拿着话筒,声调很高目光向前,好像她的朋友近在眼前:"老陈吧?提前给你拜年啦、新年好啊!"

她的电话一般要打好久,反反复复说的也就是晚上吃了什么,孩子们回没回来,身体怎么样,等等;她说"再见再见"的时候,我们互望一眼,终于啊,松出一口气,想着能把春晚的相声节目听个清爽明白了。偏偏婆婆这个电话讲完,那个电话又开始了。她继续她的洪亮嗓音,身体后仰,笑得灿烂明媚:"老王啊,新年好啊!"

我们说"你歇歇呀",婆婆说"不要不要",然后翻动着通讯录,继续打,有的时候,打过去,明显不对,她很较真,再三问人家:"你是谁啊?我找老梅啊。"对方说你打错了,婆婆很坚持:"没有错啊,是老梅给我的电话啊!"对方说你错了,婆婆继续到底:"我就找老梅啊!"我们连忙走到她身边帮她看看,果然,她老朋友的电话下面,又密密麻麻写了一串新的,我们替她挂掉电话后,让她再打最新的试试看。婆婆很认真地一下一下拨着电话,神态专注,表情严肃,认认真真的样子,直到听见对方是老朋友的声音,婆婆长叹一声,慢慢将这个电话的来龙去脉娓娓道来,她的嗓音透亮辽阔,在夜色里滑行,如钢琴般清脆。

我细细看那本通讯录,里面的格式非常工整。人名、地名、邮编、区号,分门别类。显然,婆婆一本通讯录是不够的,所以重要的电话被她写在了面前的挂历上、台历前,有些干脆被压在玻璃台板下了。

后来,婆婆走了。再后来,家里也不用座机了。

那些老人家的通讯录现在都被放在抽屉或者储物箱里了,手机通讯录取代了一切。可一想到那些密密麻麻地写着亲朋好友的地址名字的通讯录,摸着那些泛黄的又瓢又软的一页一页历史,我依旧会被那多情的一笔一划而深深打动……那些过往的通讯录的背后,都有一颗温柔的心。

人长久 月更圆

2024年8月底9月初的时候,风吹在脸上不再热烘烘了,黄昏的时候,街头巷尾,时不时地会飘来阵阵迷香,似曾相识,又倍感亲切。驻足一望,巷口的招牌上写着:"鲜肉月饼"!

这是南方非常非常令人牵肠挂肚的美食。一般的鲜肉月饼比乒乓球大一点点,一锅轰轰烈烈从烤箱出炉的时候,整个锅底都会嗞啦嗞啦地响着声音,好不热闹。躺在锅里面的月饼,只只饱满,个个丰盈,有一种翘首以待的喜气洋洋。它的外面是焦黄色的酥皮,酥皮香脆且不柴,里面滚着酱油色的鲜肉,讲究一点,还有榨菜加入,很烫,一口小心咬下去,酥皮的香、鲜肉的汁,还有榨菜的脆完美融合起来,鲜到眉毛掉下来是毫不夸张的,且满嘴余香。在我家乡杭州,吃罢一只,邻居们会问:"鲜肉月饼吃过了?"那个时候的我,抹抹嘴巴,手背上都是油。

这是很美好的记忆,对于家乡,对于年少时光,对于老味道的想念,成为伴随你一生的记忆。以至于当我来到北方,说起那个鲜肉月饼时,北方朋友们非常不理解,月饼就是月饼,还鲜肉?跟肉汤圆同出一辙。隔了长江黄河,食物真是千差万别。于是,北方朋友送我跟飞盘一样大的月饼,看着比我脸大的月饼,一时间我一筹莫展,如果一手将大月饼飞出去,没准会砸中小鸟。

北方的月饼跟北方的人一样,实在、大气、憨厚。大大方方一个,躺在盒子里,一副谁与争锋的劲儿。外皮敦实,里面是浩浩荡荡的百果。百果由综合果仁和果干制作而成,入口各种味道宛如车水马龙,跟北方的街道般洋洋洒洒,吃得叫你那个荡气回肠啊。

而在上海,一般不会制作如此庞大的月饼。上海人讲究的是实惠、划算,小日子精打细算,宛如平常一首歌。平常的歌,要的是软糯舒适、贴心贴肉,要的是漫长岁月里的点点精致、温柔时光里的一缕清霞……可以跟北方的百果月饼相提并论的,当属南方派的五仁月饼。

上海著名的杏花楼月饼,每年门口的风景就是"黄牛"。一个城市,哪儿有"黄牛",哪儿的东西就很热门。通常"黄牛"会跟你的目光短暂交会一下,心明眼亮地判断出你是匆匆过客还是目标客户,然后,他不动声色地露出口袋里月饼券的一角,眼睛飘法飘法:"月饼票要伐?月饼票呀!"

走进商店，服务员一般会站在收银台前，双手抱臂，明察秋毫，以千锤百炼的微笑问候你："路过哦？多看看，有活动哎，现在买划算的。"每次我跟服务员这样对望，我就败下阵来，"嗯嗯嗯"地答着，用手敲着太阳穴，做沉思状。服务员阅人无数，推销技术早已炉火纯青，语气以一当十："在上海吃月饼么，总归是这个牌子。"我点点头，表示我自己看，她体贴地说："随时叫我哦。"说着，便跟我保持着不远不近的距离。

店里的展示柜里，堆放着各种花枝招展的月饼，门口的桌上轰轰烈烈垒起了造型，上面横撇竖捺掷地有声写着"热卖"……好一副热气腾腾的景象。

花红柳绿的月饼包装秀里，"嫦娥"的铁皮盒子最为亲切。"嫦娥"头上插着红花，娇媚可人，美得不要不要的。我家里有不少这样的铁皮饼干盒子，东西吃完后物尽其用，有的存放茶叶，有的来装针线包，还有的则是存放各类证件了……有次参观一个城市展，里面有不少热水壶甚至痰盂的造型和包装，那些老派的花式和色彩，谁见了都会莞尔一笑，记忆的边边角角，有了这些物件的点缀，顿时立体夺目，饱满丰沛。

围着这些姹紫嫣红的盒子边上，摆放一圈小篮子，里面是零卖的月饼，而零卖的月饼，生产日期都很当下，你可以拿起每一只细细端详和比较，心里盘算着如何购买更加划算，比如，有的店里就有买四送一的活动，精打细算一番，相当于8折。

我问服务员可以拍照吗？服务员答"随便拍随便拍"。每年，我都会拍下五仁月饼的价格，然后跟去年、前年、大前年或者更久一点互相比照，这里多多少少可以看见生活点点滴滴的变化。记得我的一个前辈编剧老师说，以前用小本本记下生活日常，现在用手机拍摄做个资料备份，因为你记录的是生活。哦，今年的五仁月饼是12元一枚，去年是11元8角，前年是11元5角。

然后，我买下两枚五仁、一枚豆沙、一枚椰蓉，店里又再送了一枚。心满意足装进包里，顺便跟服务员聊几句。多年前，我去买月饼，服务员说："你大概混得不好吧？"我问："此话怎讲？"她说："混得好的人都有人送月饼的。"我连连点头："对对对，我自己买，自己买。"

回到家，泡了一壶茶，将月饼从塑料包装里取出。塑料包装袋总是很难按着齿纹打开，你得用力拉、扯，或者干脆用咬，让你切身体会美味无法轻易获得。

在案板上将月饼一切为四。切五仁的时候，隐隐约约感觉穿越过了由芝麻、松子仁、瓜子、核桃、杏仁组成的境界，它们对我敞开了心扉。咬一口,唇齿之间有吱吱嘎嘎的热闹,好似五仁们争先恐后跟你表白着千言万语。

当月饼季到来的时候,北方的风,南方的雨,恰似你的温柔的饼……生活千滋百味,月圆时刻的心愿一模一样,人长久,月更圆。

插曲

东方书报亭

2000年左右，我住的地方附近有个东方书报亭。红色的棚子，里面摆满了报纸杂志。在我看来，它像个大写的、内心很阳光的人，充裕、慷慨地向人们展示自己的一切，走过路过的人会忍不住停留，驻足，观赏，一来二去，人们与书报亭的缘份也成为日常生活的一部分。

我家附近的那个书报亭，老板是个小伙子，好瘦，长得很像《暗算》里的柳云龙。他有眼观六路耳听八方的能力，谁要什么，买什么，看什么，早已了如指掌。我往报摊边一站，他顺手就一把递上了《申江服务导报》《上海一周》《南方周末》，我们交流都不带用语言的。我给他钱，他一五一十找零；有的时候我给他100元，他摇摇头："以后一道算。"我道："万一忘记呢？"他笑："那有啥，一两块的事情，不要记牢。"那些年，人跟人的信任就是如此简单。

有一天，我买下一份报纸正要离开，他从报亭的后面绕出来，很认真地说："你以前是到邮局订报纸吧？以后就在我这里订,我直接给你送到报箱里,肯定比邮局的人要早。"我说好的,就在他那里订《新民晚报》了。从此以后,每天下午四点光景,报纸到得比钟还准时。

这样的报亭就像你的邻居、你的亲戚、你的老朋友。

某天早上,我路过报摊,只见报纸、杂志撒了一地,他跟一个皮肤黝黑、头发乌亮的女人一起蹲在地上整理。见我,他指指女人:"王老师,这是我女朋友。"我"呀"的一声,你好福气啊,有人跟你一起做生意了。女人笑,说:"他很笨的!"他含羞地看着女朋友:"侬哪能跟人家讲我坏话啊。"

冬去春来,小报亭像一个忠诚的朋友一般站在你的身边。有一天,我去买杂志,已经是他老婆的女人突然看着我叫了起来:"今天报纸上有你!"她露出非常惊讶的表情,然后翻开晚报看看我,又看看报纸,确认无误后,往我怀里塞了一大堆报纸,说:"有你的照片你多留几份!不要钱,算我送给你的!"我怎么推也推不掉。晚上,在我的报箱里,又多了几份晚报。我一愣,默默收好。第二天,要付给她钱的时候,她用那种责怪你、你见外了的表情阻止了我。温暖大概就是这样的,你之后会想起她的种种好,会忍不住多夸一句,他们人真好。

后来我搬家了,特地去跟他们夫妻告别。夫妻俩若有所失,女人微笑地说:"如果需要什么杂志报纸的,还过来,我给你留着。"

几年后的某一天,我坐出租车路过那里,那里书报亭的位置上,已经没有了原来的踪影。风景无声无息地消失,我现在记得起来的,就是《暗算》男主角的脸和乌黑头发女人的笑脸,谢谢他们让我领略过上海东方书报亭的美好时刻。

路边的插曲

2024 年 11 月在上影成立 75 周年活动上,演员周国宾老师走向我,微笑道:"还记得你的车技吧?"

我要钻"地道"了。某年某月的某一天,我跟周老师参加了一个工作活动后,我自告奋勇跟他说:"我开车送你回家吧!"他连声拒绝,说搭地铁,我继续坚持:"开车快,我跟你顺道!"

车子开着开着,他一直抓牢副驾驶的把手,然后以一种犹豫的口气问:"你是不是才拿到驾驶证?"我看看他:"你要相信编剧。"周老师演过我的电视剧《错爱一生》里的陈金鹏,是一个反面角色,戏里的角色充满了邪恶。此时此刻,他用一种疑惑的语调说:"陈金鹏在戏里最后是车祸死的。"

我几乎要急刹车了!他去的目的地是徐家汇,而我此时此刻已经开在南浦大桥上……最后得绕多远的路才把周老师送达。从那以后,我也很少见到周老师。这次再见,居然又提起当年"糗事"，真是不堪回首啊。我连忙拉过《错爱一生》的导演梁山，表示一定好好写剧本，不开车。

话虽这样说，车么开是要开的。实在技术太差，心理压力过大，所以开车格外小心翼翼，生怕出错。可是吧，你越担心出错，就越容易出错。这也惹得尴尬无数，狼狈不堪。

那一天，在天钥桥路的一个停车场，我倒车，倒了三次还是没有办法倒正了，前面车里等人的司机下来，对我说："我忍无可忍了，我帮你倒吧！"我"哦"了一声，乖乖站在那里，看人一把倒车，然后"嘭"的一下撞到了栏杆，我都傻住了。司机淡定下车，钥匙还我，谆谆教诲："驾驶员就是熟练工，你要多开多练，懂了没有？"我是懂了，可看他就这样消失了，我打电话报保险，修车，默默承受这后果。话说"自己的错自己扛"，深深懂得。

还有一次，我在仙霞路一个咖啡馆门口停车，收费的师傅斜背一个挎包，头上还歪戴着帽子，很像小品里的陈佩斯。我看看他，他对着我将手握成拳头往空中举："你可以的，有志者事竟成！"

我一下子紧张得不得了，他一边喊着口号，一边跟我比划我的停车位置，我一次一次重来，被他那句"有志者事竟成"弄得云里雾里，最后，终于停泊得当，下车。他快人快语："一小时10元，先付钱再走人。"我刷支付宝，他继续唠叨："我说你有志者事竟成吧,你看你停得多好,可以拍照发朋友圈了。"

后来跟朋友约在咖啡馆,我指着那个停车位说,这里有个好玩的"有志者"大叔。

还有一次,我好端端地开车,手机响了一下子,我按掉了,就这一个动作,我隔着玻璃窗看路边的警察用手指着我……我吓得魂飞魄散,停车,拿好行驶证、驾驶证,恭恭敬敬下来,分外谦卑地走到警察面前,碎碎念:"对不起对不起!我错了我错了!我改我改!"警察看着我,然后哈哈哈笑了起来,我更不安了,继续道歉:"我没有接电话我就按掉了……"警察温和地看着我:"什么呀?我指的不是你啊,违章的是你后面的车啊!"

我看看停在我后边的货车,顿时恍然大悟、羞愧难当。回到车里,看着仍然在笑的警察同志,我无言以对,你说我傻不傻啊!

这样的故事层出不穷,却也令我记忆犹新、莞尔一笑。

有一天我开车迷路了,我把车停好,问路边的警察,警察向我敬礼,非常专业又礼貌地说:"请问,有什么需要帮助的吗?"

"有什么需要帮助的吗?"这一句问候,多年以来,一直是我对上海警察温暖记忆的一个缩影。你有无需要不重要,重要的是,时刻有人对你说:帮助。

温暖的瞬间,让你我对这个城市充满热爱与真诚。

味道

风弹在脸颊,从颈脖那里飕飕钻进胸口,停在怀里一咯噔,有了饥饿的感觉……仿佛把人一下子置身于童年,那个奔跑在小巷里的我,狭路相逢各种味道……

现在,想起婆婆说过的话:"最好吃的东西都是你做不出来的。"

可是,冬天还是来了。我很喜欢杭州的冬天,因为人少,冷飕飕的,阴势刮搭的节奏里,回忆才能噼里啪啦地嗞嗞作响。对了,那是油炸的声音!完全可以想象,滚滚一锅大油,飘起绝无仅有的香气,行色匆匆的人走过路过也带走了那个味道,且久散不去。我父亲曾大手拍着桌子怒喝我二哥,让他交代放学以后去了哪儿!因为父亲闻到了二哥棉袄上浓烈的油香,且是油炸的味道,混合着猪油和萝卜丝特有的气息。大人们明察秋毫,二哥嘴边的油酥渣这蛛丝马迹已出卖了他,再加上一张嘴那一口吐露出来的萝卜气,就此"断案"他小子放学以后去吃了油墩儿。

油墩儿啊,杭州城的油墩儿,无论从外表到内心,都是绝不平庸的人间美味！它的食材不过是面糊与萝卜丝，可就是这样的平凡本色，方显烟火人间的相濡以沫。

我读的高中是杭州二中，那个时候我家已经从南山路搬至大学路。在大学路我的一个邻居，大家叫她李师母，李师母干净利落，笑容可掬。每天在大学路上做油墩儿。她动作麻利且说话干脆，你往她跟前一站，她就直截了当："几只？"我说两只。她"哦"一记，开始了行云流水的操作。炉火正旺的大锅里，倒入油，烧热后，她往铁做的模具里放入面糊，然后将腌制后挤去水分且又生脆明快的萝卜丝加入面糊里，她的手控制着模具，过油，从嗞嗞作响的热油里热辣滚烫后，再往模具上铺一层面糊，轻轻往油锅里一放，嗞啦嗞啦继续发光发亮。此时此刻，油墩儿的故事已经成型，面糊与萝卜丝交相辉映。炸熟以后，它们已经轻盈地脱离模具，成为独一无二的个体，然后，变成了欣欣向荣且丰收的金色。李师母这会儿有着成功的喜悦，她将油墩儿捞起，搁在锅边的一个筛子上，油滴滴答答漏着，然后，李师母用旧报纸或者牛皮纸那么一包，说一句："烫煞！"

我小心翼翼接过，当真那个烫啊，心里又急不可待要咬一口，可偏偏这一口下去又忍不住贪心地再多咬一点点，要咬到那个萝卜丝才算胜利，于是，这么光天化日地一大口下去，萝卜丝的咯吱咯吱的脆与葱花点点的香，已经乐翻我的心情，加上外皮焦熟、内里软和、交相辉映，边走边吃，嘴上闪光发亮，冬天的脸色也因此红润得满脸冒油。所以呀，父亲看着二哥那一嘴的油炸香气，你不是去吃油墩儿你去干吗了？

隔了很多岁月，我依旧怀念那个油墩儿。

比起怀念，有些故事还在继续。几年前，我去朋友家拜访，走进她黄昏的楼道，突然被一阵不知道从哪儿冒出来的油炸香气给愣住了，气味囫囵吞枣般深入肺腑，我不由分说判断对方是在炸圆子，而且是安徽圆子。

那个晚上在朋友家我一直唠叨着炸圆子，说着说着，还指指时钟，你邻居现在已经吃上圆子了，再吃的时候也许会复炸一次，那个香味就逼了出来，比初炸还要香；如果是煲汤或者清蒸的话，相对比较清淡。朋友急了，抓起电话问邻居："你家刚刚在炸圆子吗？我朋友鼻子尖闻到了！"我连忙弯着身体凑过去听，电话那头的邻居爽朗大笑："我这就给您送几个？"

那真是美好的分享。那个晚上，我跟朋友用手抓着吃着邻居的炸圆子，那些讨来的、蹭来的、千方百计要来的食物带着天然的迷情及千载难逢的邂逅，更增添了美食的魅力。朋友问："你怎么判断那是安徽圆子？"我说因为那个炸圆子的锅气里，有生姜的味道……对了，没有生姜的圆子是不完美的。那可是安徽合肥炸圆子的味道，也是我婆家的味道。

婆婆家逢年过节都会炸圆子，那是个"保留节目"，是团团圆圆和和美美过年的美好寓意，过年就要炸圆子，把美好与圆满变成现实蓝图。我婆家通常由二姐操刀安排这道过年大菜。每次我们一回家，二姐就意味深长地告诉我们，新买了糯米，特地到农村订了上好的猪肉，还有，配了极佳的生姜。

炸圆子是很有讲究的。蒸好糯米，这蒸也有学问，就是糯米的黏性，不能太粘手了，也不能太硬了，全凭制作人的感觉，跟你做电视剧有着异曲同工的心路历程。糯米蒸好了，那边猪肉、小葱加上生姜末也备上了，于是，肉、糯米、生姜、小葱在二姐的手里捏把着，至于捏把到什么程度，既Q弹又有质感，这么说吧，成品以后，既要有肉感还要有糯米的颗粒感，这个尺度，全凭灵感。

大油开始，好戏登场。二姐将圆子一一下锅油炸，这个时候，就能闻到生姜的香味了，姜的味道真是点睛之笔，圆子里没有姜就如同油墩儿里没有萝卜丝，完全无法想象。生姜比较容易焦，它在一个圆子里，总是最先有了点褐色，一个个圆子在油锅里济济一堂，有一种互相鼓励的激情，而油锅的香气弥漫开来，深入人心，有一种打动你的情绪，它与杭州的油墩儿不同的是，油墩儿外脆里嫩、弘扬萝卜丝的主题；而安徽圆子则是米糯肉酥，彰显厚道精华。此时此刻，就像是看电影《返老还童》一般，我娘家的青春记忆与我婆家的美好时光恰好碰撞、交汇，在你还有好胃口的时候，十分感谢跟它们都相遇了。

吃圆子也很有趣。因为炸过的糯米十分有嚼头，有的米粒还会嵌在牙缝里令人左右为难，就听见有人吃圆子的时候，嘴里咂巴咂巴，想找牙签解决，可糯米陷入牙齿里很难顷刻消除，于是，有人就歪着头做沉思状，或者双手交错搁在鼻子下，不时挤眉弄眼，颇为一波三折。

此时此刻，年终于过完了。看见朋友圈留言：距离2026年过年，还有×××天，那么收藏好回忆，努力工作，期待又一个新年……那些个从前的路边摊，老底子亲切的邻居，还有那些个你回不去的好时光，都是美好的故事。婆婆说："最好吃的东西都是你做不出来的。"她的意思，是让我惜米惜饭惜岁月，也更珍惜那些美食吧！

人在旅途

2001年的夏天，那个夏天，格外难忘。

我们在那个夏天出门旅游。那个时期的旅游主要以"新马泰"为主。在相当长的时间里，"新马泰"是出境旅游的代名词，而且办理手续也很繁琐，要委托旅行社办理。旅行社安排组团出游，一个旅游团有十来个人很正常，多的话有三十几人，到一个景点吃饭，大家从车上一窝蜂下来奔向餐厅，轰轰烈烈好几大桌，会有那么数秒短暂的沉默后，筷子齐刷刷对着清汤寡水的中餐下手，稍慢一步就会"弹尽粮绝"，所以得争分夺秒，先到先得。

旅游团的人相处得好，就是一路繁花高歌猛进；相处得不悦，便全程疙里疙瘩，各种不爽不顺不舒服。

我要说的2001年的夏天的旅游，至今记忆犹新，也是因为跟情感有关，我在这里且叫他们眼镜男、马尾巴。

我们跟随着中旅的团来到泰国芭堤雅的时候，已是半夜。大家心急火燎地上了大巴。司机后座的那一排被一个爆炸头的女人占据着，她看上去很凶的样子，不好对付，我这里先叫她爆炸女。只见她扭转身体面朝后排:"接下来几天旅游就按这个座位坐了!"我差点以为她就是领队了。我身后的男人就不高兴了:"你凭什么!"爆炸女:"谁叫你落后了呢,有本事你坐前排啊!"落后男"噌"地一下站起来:"明天我第一个上车看谁先坐前排!"爆炸女郎朗大笑:"那今天晚上我就睡在汽车上,谁怕谁!"

导游连忙当和事佬:"百年修得同船渡啦,都是有缘人,和为贵和为贵,萨瓦迪卡……"

夜风习习,外面车水马龙,黑黝黝的海面,车玻璃窗上映着椰子树的影子,更远的地方是悠长的大海。我边上的小蔡轻轻道:"丽萍姐,我们车上最后一对不像夫妻呢。"

大眼睛小蔡是我2000年去新马港旅游认识的女子,她善良包容,我们很合得来,这一趟泰国游我俩结伴。

我问:"我怎么没发现?"

小蔡说,大家都往车子前面挑位子,他俩就直接坐在最后一排,还坐在角落里,还粘在一起。

此时,汽车里的灯光明朗,大家昂头抬眼兴奋地听导游上天入地的介绍,我站了起来,像是突然想起了什么事儿一样,顺便回头一看……啧啧,最后一排的那两个人粘在那里,二合一的样子。

半夜时分，我们抵达酒店。各自提行李时，我看见了那个40多岁的男人，头发稀疏，戴眼镜，我跟小蔡背地里就叫他眼镜男；女孩子高挑青春，浓眉大眼，像年轻的陈慧琳，她扎一个马尾巴，马尾巴在身后一甩一甩。

　　没睡几个小时，我们出发去景点。一上大巴，我看见眼镜男与马尾巴早早就端坐在大巴的最后一排，他们的样子像学生一般，且是犯了小错的学生，有点拘谨，有点紧张。我跟小蔡会心一笑，按昨天的座位入座。此时此刻，爆炸女一袭大红衣裙闪亮登场，气场全开，谁知，她一愣，因为昨天的落后男早已占据前排，两个人对望了一下子，有那么几秒钟的停顿之后，爆炸女二话不说往落后男身上那么一靠，落后男被吓得七窍生烟："你要干什么啊！"

　　因为太过大声，车上的人都被镇住了，大家的沉默里，预感到某种刀光剑影就要一触即发。恰恰此时，导游不知道从哪儿冒了出来："啊呀啊呀！我是色盲吗？你俩情侣装哎！大家看看，他们穿红色情侣装哎！"

　　果然，爆炸女与落后男都穿了大红的衣服，一时间，全车人哄堂大笑。爆炸女大幅度摆手，声情并茂："谁要跟他情侣装！呸呸呸！"落后男嘀嘀咕咕："跟你情侣装，我回上海以后人都不要做了……"一车人早已笑得前仰后合。落后男灰溜溜回到我们身后，爆炸女春风得意，干脆扭转身体面朝大家，开启各种荤、黄、软段子，常常是她还没有开口，车上的人已经笑得此起彼伏，眼泪鼻涕一大把。

这么一来，大家都特别开心。导游见缝插针给人在旅途的我们送上至理名言："出门就要开心呀。"

我忍不住回头瞅最后一排的他们，眼镜男跟马尾巴挤在那里，女孩子笑得往他的身上钻，简直甜蜜得不要不要的。

这么几天下来，大家关注的点都在爆炸女、落后男的身上了，开他们的各种玩笑，他们也十分配合，愿被大家说笑。一个旅游团里，非常需要有这样自嘲气质的男女主角，同时又豁得出去，无所谓。人在旅途，都是匆匆过客，一路就要尽情放松，无风无雨，生活晴好。

恰恰心怀鬼胎的人，才禁不住调侃、架不住玩笑了。

比如，眼镜男。

当我们兴高采烈地在景点前拍大合影时，他会突然匆匆忙忙去上厕所了；我们在一起互留电话了，他悄悄走开，摆手：我不凑这个热闹。

好在大家的心情、兴趣都不在他俩身上。爆炸女与落后男在第三天当众认了干姐弟，全车人就是见证者。落后男鞍前马后地为爆炸女服务，拎包、拖行李、递水、夹菜、无微不至。再后来，爆炸女在前排昏昏欲睡，落后男如数家珍说起干姐姐家的前世今生，张口闭口我干姐夫、我干外甥女……滔滔不绝。

本来，如果不进那家珠宝店，如果不是因为买礼物……我今天也不会想起那次旅行还有这样深刻的记忆。

后来很多的日子，我跟小蔡兜马路或者喝咖啡时，我们依旧念念不忘那个眼镜男与马尾巴。小蔡说："我的感觉没错吧。"我点点头："我们记得住的，都是那些尴尬的伤心的事情。"

2025年4月的一天，我搭东方航空的飞机飞往成都，我侧面的前排，一男一女挤在一起。飞机开始滑行时，我突然听见"咔嚓咔嚓"的声响，那是只有指甲刀才会有的特别的"咔嚓"的节奏，在窗外景色游动的瞬间，你会突然意识到一粒指甲在机舱里飞落。

我立刻按呼唤铃，因为飞机刚刚开始滑行，空姐来到我身边，我拢起手掌悄悄对空姐说，他们在剪指甲。空姐点点头，我去处理。

只见空姐走到他们面前低语着什么。那个"咔嚓"声消失了。空姐跟我会心一笑。窗外，我看见了草地，感觉到风的速度，在风一样的节奏里，慢慢地出现蓝天晴朗，显示白云卷积。

飞行平稳后我上了卫生间，回头打量了一下那对男女。不知道怎么地，我就觉得不是夫妻，夫妻会在飞机上剪指甲？不会。

我问空姐："你是怎么阻止他们的？"空姐："我跟他们说，要起飞了，你们这样会受伤的。"

这句话多么精妙啊。

时光回到了2001年的夏天，旅游的第四天，导游带我们进了一家珠宝店。珠宝店不大，外墙并不显山露水，里面也不招摇过市。楼下一间大厅，摆放着各种戒指挂件手镯，导游说，楼上是精品。我跟小蔡想，来都来了，就当到此一游，买个最便宜的小粒米挂件当纪念。此时，不同的旅游团的人纷至沓来。我们跟导游说，楼上我们就不去了。

回到车上，笑声咯咯咯，只见最后一排的马尾巴兴奋无比地举着胸前那个挂件在给大家展示。我跟小蔡凑上前一看，如果说我们买的是米粒，那她的就是小黄豆。马尾巴说："我男朋友给我买的！是他送给我的！"小蔡豁达地说："我们的太小了，你的好看，你的比我们大很多。"

女孩子心满意足，反反复复观看……此时此刻，爆炸女跟落后男先后上车，落后男在后边唠唠叨叨："以后我干姐夫一定会给你买那个'海洋之心'！"这时，爆炸女站在那里，目光久久盯着马尾巴，一字一句道："你男朋友在给你买'海洋之心'啦！"落后男连忙补充："我也看见了，刚刚啊，你男朋友在二楼挑项链，知道电影《泰坦尼克号》里的'海洋之心'吧？五位数人民币哦！你男朋友舍得啊！"

我跟小蔡坐下，突然就不安起来，我们对望了一下，冥冥之中感觉像是暴风雨即将来临。"海洋之心"要人民币五位数，我们的小米粒不到200元，而目测马尾巴的小黄豆最多也就1000元。

此时此刻，车上的人陆陆续续坐下，爆炸女突然道："不要乱说话，不要说三道四！"车里安静了下来，似乎有一场好戏，就要徐徐拉开帷幕……

眼镜男终于在"万众瞩目"中上了车，马尾巴的声音都颤抖起来："你要迟到了！"眼镜男上车几步，马尾巴已经扑向他，并伸手去抓他的斜背小包，眼镜男非常紧张非常警惕地按住了包包！马尾巴说："大家说你给我买礼物了！"眼镜男小声地："你不是已经戴上了吗？"

汽车开了起来，大家已无心情开玩笑，车里变得安静了。中途，汽车停下，大家去卫生间。我们看见马尾巴拉住眼镜男的手："你跟我出来旅行，想的都是老婆，你给老婆买'海洋之心'，你什么意思啊？"眼镜男挣脱了她的手，一言不发。

接下来的旅行，他们之间明显有了问题。马尾巴干脆坐到爆炸女的身边，爆炸女破天荒没有玩笑也没有发声。最后一排的眼镜男寂寥地端坐，不再说话。气氛真是尴里尴尬。到了回上海的前夜，我的房间被爆炸女敲响："王老师，知道马尾巴晚上睡到谁屋里了吗？导游的屋里了！"

爆炸女的身后钻出了落后男，他恨铁不成钢："戆伐？在上海泡泡就算了呀，为什么要出来旅行？旅行么就干脆把老婆忘掉，为什么还要买礼物？买了礼物也就哄哄眼前这个，为什么还要惦着家里的那个？"

爆炸女打了他一记，掷地有声："男人在外面花七花八，关键时刻，老婆还是最重要！《大红灯笼高高挂》里巩俐怎么说的？封了灯，我还是太太！"

他们最后的分手，是在上海机场入境的时候。眼镜男排在队伍的最前面，马尾巴女孩子落寞地排在最后边……我跟小蔡站在那里无言以对。

如今，时光闪过多少年。现在，泰国也免签了，很多家庭的私人旅游向往去更有风的地方。那些呼啦啦跟随旅游团洋洋洒洒热热闹闹的团队游也在我的记忆里渐渐淡去。

但关于爱的故事却日复一日地在上演着，永不落幕。人在旅途的情与爱，像大海上的那片稍纵即逝的云朵，对你而言真是遥不可及。

火车咣当声中的杨梅酒

2025年5月的一个晚上,我路过福泉路上一家水果店的摊头,只见摊头边摆放着很大的蓝色筐筐,筐里拥拥挤挤砌满了轰轰烈烈的杨梅,夜色里,杨梅的暗红与悠紫抱成一团形成深邃而绵长的意境,与随之而来的端午节遥相呼应,似乎在隆重地提醒你,什么季节尝什么味道。

这个时候,只见边上的老板将刚刚手写的标牌放在醒目的位置上,有四个牛奶箱大的白硬纸板上写着的大字分外夺目:"新!鲜!杨梅!今年的第一口!!!"我发现街头店面的老板非常喜欢用感叹号,而且是接二连三的那种,且涂满整个纸板,驱使你激情地不得不买、一买再买。

我细细看看那杨梅,个个饱满圆鼓,无数小刺棱温柔地围拢,密密麻麻的,令你牙齿深处滋生了酸爽的感觉,甚至你会忍不住捂捂脸颊,像有什么东西会从牙齿缝间流淌出来。这个时候,老板娘就热心上前了:"买不买无所谓啦,你尝尝看!现在37块一斤,不要嫌贵,过几天价格会下来,可你也尝不到今天的新鲜劲了。"

我买了一斤，老板娘收了我32元。我拎着塑料袋转身的时候，只见老板拉了把椅子，椅子是那种老式的藤编的质地，比较宽大，他舒舒服服地坐下，显然椅子的宽大让人可以放任各种姿态的放飞。老板一手举着一个大搪瓷杯，一手摇着小扇子，道，现在就吃刚刚上市的，再下去一个月，等遍地杨梅的时候，你就没有心向了，那个时候杨梅就拿来泡泡酒算了。

　　他说了杨梅酒，我略微一怔。仿佛看见一粒一粒的杨梅沉入酒中，在玻璃瓶里安静地躺着。玻璃的质感在夜色里闪着清冽的光影，就像是记忆里的波浪，一褶一褶的，用时间的酒酿杨梅的味道。

　　回到家，我往一个白色的脸盆里放入水，将杨梅咕咚咕咚倒进去并加入了盐。如果用大拇指与食指小心翼翼捏起一粒来，感觉是麻麻酥酥的，像是手里握着即将怒放的花朵。现在，清水中的杨梅，色泽有的是紫红，还有的是深红，拈过杨梅的手上，有着浅浅的淡红，如果再吮吸一下，会感觉到一股薄薄的果味清香，低头再看水中的杨梅，个个果实光亮饱满，圆形的肉柱有着紧紧密密的细齿……半个小时后，我放一颗在嘴里，要整粒的吃，你会清晰地感觉到，有一种叫杨梅的语言，酸爽细密的果肉，很清晰地在你的唇齿之间表达，那是关于烟雨江南的故事。

杨梅以及杨梅酒将我带到 20 世纪 90 年代初。

我随三位老师一起到福建采风，我在这里叫他们 Z 老师、H 老师吧，另一位是作曲家老师。我们回程在福州上车的时候，作曲家的朋友送了他一只烧鸡，并叮咛着，这是我家属为你们做的，你们路上吃吧。那是一只被报纸包得严严实实的烧鸡，那个朋友把它交给作曲家时，充满了信任的表情，还有一点点的中肯，仿佛将一件重大的使命交付给了作曲家。作曲家看看我们仨，我们默默地狠狠地点点头，我们都有点心旷神怡起来，这一趟的旅途因为那报纸里的烧鸡而让人生出了格外的期待与意味深长的饥饿来。

作曲家一手拎着行李，一手就这样托着烧鸡，在穿过拥挤的站台和长长绵绵的人群之后，我们进入了一节硬卧车厢。此时此刻，早晨的光线在我们眼里变得格外亲切和喜悦。我们来到上中下三层的硬卧铺前，我们分别是两个上铺和两个中铺，我把行李往最上层一扔，作曲家比较胖，他是中铺，这样问题也来了，我们必须坐在下铺的铺位上。那是一对非常严肃的夫妻，他们不苟言笑，我们跟他们招呼，他们紧张地看着我们，有一种且拒人千里之外的孤傲，让你的心拎起来后又咯噔一记落下去。

可是现在，这些已经不重要了，因为我们还有烧鸡啊！那被报纸包裹严实的烧鸡，摸起来像是你掌握一只巨大的蹄髈般充满了力量的烧鸡，你再细细一握，可以细腻地感觉到那是一只丰润且健壮的鸡，结实、紧绷，甚至可以想象制作它的时候，主人是如何深情地将料酒、大葱、酱汁与它融为一体，而且也会想象，主人在烧制它的过程中，如何把握火候如何保持其肉汁的饱满与外皮的焦脆……总之，现在，漫长的旅途与严肃的夫妻都不重要了。我们分别进入了自己的铺位，却伸出头来看作曲家，作曲家将那只烧鸡放在铺位下方公用的小桌子上，那一瞬间真是光芒万丈。作曲家笃笃定定地说：时间还早，不急不急。

于是，我来到了火车两节车厢的连接处站立，看火车外一晃而过的村庄、树木、电线杆，看快速闪过却郁郁葱葱的田地，特别是看另一列火车与你的火车擦肩而过时发出哐当哐当的声响和风驰电掣的呼啸。有的时候，在火车经过的地方，你会感受到一种强烈的震动，可以想象在火车经过的时候，沿途那些小房子里的桌子以及桌子上的杯碗都会微微地有节奏地晃动着。

当然，我也喜欢看火车抵达一个站台时，站台上人们那些翘首以待的眼神和黝黑脸庞上那热切的期盼。这个时候我们就坐在硬卧车厢走廊的台子边的窗户旁。窗户上方带着锁扣，需要两个旅客一起合作使劲才能将窗户打开。每当到达一个站台，Z老师与H老师就用力打开了窗户，这个时候，车厢里各种味道随之飘散，外面晴朗的空气也扑面而来。我们美好地看着车站上上下下的人们，大包小包的行李，以及热热闹闹的喊声，站台狭长却深远，当火车咣当咣当开了起来的时候，我们看见渐渐远去的站台以及渐渐变小的远方的山峦。

可是，欣喜与兴奋却挡不住地挂在我们四个人的脸上。的确，对那只烧鸡的向往让我们有了会心一笑的秘密。作曲家说，如果有一点点酒就好了。Z老师与H老师有点懊恼，"哎呀"地叫了起来，是小小的失落。H老师说，站台上有小推车，一会儿可以问问有没有酒。大家窃窃私语起来，小声地密谋着什么。作曲家郑重其事地说："那等下一站，我们就在这个台子上吃。"Z老师说："也好，要不那一对夫妻总是看我们。"我说："不叫他们一起吃吧也不好。"作曲家最后决定，我们就在这个靠窗的台子边吃了。H老师说："问题又来了，在这里吃，就要有两位站着了。"作曲家打断他："那我站就是。"我连忙说："我站我站。"

就这样愉快地决定了，我跟作曲家站着，Z老师与H老师各坐窗户的一边。大家互相忍不住都笑了，最后还是H老师说："烧鸡是人家送给你的，你要不坐我们就不好坐了。"于是又商定让作曲家与Z老师坐，我跟H老师站。大家都很快乐。那个时候出差，是没有什么保温杯的，我们会带军用水壶，里面也就是凉白开。茶都不大喝。于是，我背着水壶去问列车员讨点热开水，Z 老师与 H 老师还有作曲家很忙碌地去上厕所，一切都在摩拳擦掌，一切都在有条不紊进行着，一切都将为大幕徐徐拉开做铺垫。此时此刻，那只被报纸包裹的烧鸡，几乎也要炸裂开来，迫不及待地要投奔到我们热情澎湃的世界里。

等我将水壶里加好热水过来的时候，看见下铺的那一对夫妻显然对我们的一言一行都看在眼里，他们严肃地沉默着看着我们，以至于我都有点心虚跟他们对望。

那个时候，火车是慢慢吞吞开着的，几乎每一站都停留，停留的时间虽然不长，却也拖拖拉拉欲言又止。仿佛也为我们的午餐提供更加急切的情绪前奏。

在火车渐渐慢下来的光景，Z 老师与 H 老师一起用力，再度将窗户打开，凉风习习，空气里感觉到了山野的气息，带着六月的潮湿与清润，从外面吹送进来。作曲家已经将烧鸡放在窗户前的小桌上，我们伫看着，互相一望，可以想象打开它瞬间的激动，包括但不限于如何将报纸慢慢撕下，如何将一整只鸡在我们面前完美呈现，如何用手撕开第一个口子，如何将带着焦香与松脆的鸡翅送到嘴边并且感恩那个远方朋友的情深谊长……

作曲家说:"看见了没有?有小推车!"H老师说:"一会儿我来买,这里停靠时间短,我们动作要快点。"Z老师忍不住说:"不买酒了吧,来不及啊。"作曲家坚持:"不不不,一定要买!"

终于,火车在哐当哐当中缓慢了下来,我们看见的站台如一部电影的开头一般徐徐展开,像是片头那突然冒出来的画面,让你忍不住集中精神全神贯注。此时此刻,正是中午,站台人很多,扑面而来的热气夹着人声鼎沸的喧闹,与火车的停靠形成烟火日子的交响曲。小推车在H老师的呼唤中朝我们推过来,H老师大声询问,作曲家的眼睛快速地瞄过小推车上摆放的食物并确定有啤酒的时候,Z老师急切地要把钱递给服务员;窗户边,一片热闹,推车边的服务员一板一眼地给他们算钱;站台上人潮挤挤,旅客们上车的上车,告别的告别;小推车的服务员此时已将啤酒递给了作曲家,H老师把钱给了服务员,一片忙乱。这个时候,广播声响和火车汽笛的鸣叫交相辉映,两瓶啤酒也稳稳当当握在了H老师的手里,此时此刻,突然,窗外!车下!一只手以迅雷不及掩耳之势,从你的面前一闪,几乎在一刹那间,你看见一个小个子男人轻盈地跃了上来,他似乎有足够的弹跳力,他像一个篮球运动员一样,以一记漂亮的投篮动作,将桌上的烧鸡一把拿下!抓起!捞走!

这一幕极其快速势不可当，当我们扑到了窗口，火车已经哐当哐当地开了起来，站台渐渐在我们眼里移开，火车的汽笛响了起来，我们看见了站台的屋顶，以及屋顶背后的蓝天，火车的速度快了起来，哐当哐当，更远的时候，我们看见了一小个子男人手里挥舞着他的战利品，大幅度地跟火车摇摆着，最后，在我们的目光里，铁轨的灰色以及小个子的男人渐渐远去，消失。

什么叫尴尬人生？这也许就是。而且是啼笑皆非的狼狈和难以启齿的窝囊。H老师与Z老师没有关窗户，呼啸而过的劲风让我们个个清醒，酒是有了，烧鸡没了。

夜色茫茫，火车穿行在黑夜里，外面看上去是黑乎乎的，可是空气里却有了一点点夹杂着果香与酸涩的味道，这个时候，一个带着南方口音的软糯的声音响了起来："别不高兴啊。"我说："没事。"她道："要不要喝点杨梅酒？"

我愣住了，是那个严肃夫妻里的妻子。她招呼我，我跟着她穿过夜晚的火车走廊，来到她的下铺面前。她打开一个小玻璃瓶，那是一个类似于现在怀旧牛奶瓶大小的瓶子，里面有着跟没有剥开的桂圆般大小的杨梅，还有一股浓浓的酒香。她说没关系，你直接喝吧。我喝了一小口，看看她，说："好好喝。"她说，她去年跟老伴去福建看当兵的儿子，给儿子媳妇带了江南特有的杨梅。可是杨梅带得太多了，儿子媳妇也吃不完，于是，她就在儿子家将吃不完的杨梅做了杨梅酒。她分别给他们装在不同的玻璃瓶里，存放了起来。今年他们夫妻去看儿子，儿子说，妈妈你自己做的杨梅酒，你却一口都没有喝到呢，我给你留了一瓶呢，于是，就带回了一瓶。

我悄悄地问，那怎么做杨梅酒呀。她说："你用高度白酒加一点点冰糖，一层冰糖一层杨梅，倒入酒以后一个月就可以喝了，不过也有宁波人不加冰糖，光是杨梅与酒，也好喝的。"

喝了一点点的酒，我爬到上铺，躺下，看看下铺的老夫妻，觉得好温暖，再看看我的朋友们，各自黯然伤神夜不能寐的样子，也是人间喜剧。在往后的日子里，我们常常通电话，说起旅途回忆，总是感觉又想哭又想笑。那个味道，在时光穿梭后的今天，更加百感交集。

现在，耳边依旧有着火车咣当咣当的声响，以及漫漫旅途中那口杨梅酒沉醉的味道。

正是江南烟雨朦胧时，杨梅熟了。

第二季 好时光

新兵连

温暖的、带着红薯与板栗的焦香气味抚摸着人的面颊,面前的阳光映照着我跟我战友的脸,这是 2024 年 12 月的一个午后,我和小青、玲玲、阿琴一起坐在杭州西溪湿地的阳台上,时光穿梭,我们说好了要回忆,而回忆早已经势不可当地糅入在我们看得见的道路上,滚滚而来。

1981 年 10 月 23 日上午,杭州城站。我第一次跟我的杭州女兵见面。她们是小青、玲玲、阿琴。我属于小豆芽型,弱不禁风、灰头土脸;小青、阿琴则是满面红扑扑,用现在的话说就是血色很好、元气满满;玲玲又高又仙,杭州话说"条杆儿冒好"就是她这种九头身的人。

一个大家叫她"王干事"的干部带领我们从杭州出发,途经上海去往安徽当兵。20 世纪 80 年代,当兵,特别是女兵,非常非常光荣。而我们也都是人生第一次离开父母、离开家乡,也充满了即将展翅高飞的辽远遥阔。火车上,我们互相看着对方,我跟小青并排、玲玲与阿琴并排,我们穿着还没有领章帽徽的军棉袄、脚踩新发的军胶鞋、小声地说着话、蒙蒙细雨中，我们来到上海。

那个时候，杭州到上海要五个小时的车程，摇摇晃晃我们就到了上海，天空依旧阴沉湿冷，下着小雨。我们在"王干事"的带领下来到了靠近上海火车北站的一家小旅馆，记忆里我们睡的是上下铺。我跟小青嘀嘀咕咕聊天。十七八岁的我们，年轻到不知什么叫害怕，只有对未来的好奇与激动，甚至那一夜我们都辗转反侧，难以入眠。第二天一早，我们坐上了从上海北站开往安徽铜陵的火车。火车上，我们继续叽叽喳喳言无不尽，我记得我坐在窗边，满眼满心都是憧憬与新奇。窗外的景色渐渐开阔起来，绿色慢慢被淹没，树梢孤零零地划过，房子也越来越小。

我们在安徽繁昌火车站下车，一辆大卡车在火车站前等着我们，大家都身手矫健跃上卡车，我们扶栏而站，车开得很快，眼前的景色与我们生活的杭州城千差万别，随着天色暗下来，我们几个女兵的手拉到了一起。

深深浅浅的泥地，卡车颠簸了很久后，把我们送到了一个叫安徽南陵县的某个开阔的操场。黄昏的光芒里，我们看见一些年轻的男兵（也是集训的新兵）还有干部们站在那里迎接着我们。我们怯生生地跳下车来，为了显示自己即将成为军人，我们对着空气和人群微笑，露出了因为年轻而闪亮的 8 颗牙。一位姓蒋的

73

女兵班班长英姿飒爽地带我们来到了住宿地：一个仓库。

那个仓库我永生不忘，因为在我的世界里，它们极大极大，后来我常常在梦里相遇那个仓库。仓库估计有两层楼那么高。在仓库墙的上端，各有一个小小的气窗。这使得仓库越发显得空旷。我们被安排到了一角，只见地上放着10个棕垫，上面铺着部队发的军用褥子和被子，我们4个杭州女兵和6个来自浙江象山的女兵共10人就要睡到仓库的地上，开始我们为期三个月的新兵连生活。

晚上了，山里的空气透明干净，天空无比辽阔，静到听见自己的刘海抚过额头的声息。我看见一个女兵端来一盆热水，蒋班长说，大家先对付一下子洗洗吧；然后指着仓库外面说，大家要方便的话晚上就在那个木桶上解决。

这一盆热水，等轮到我这边的时候，已经彻彻底底凉掉。我愣了愣。晚上，我把军被子举过头顶，嘴里咬着手电筒给父亲写信，我说："我想回家。"

那封信，被新兵连的通信员塞入自行车的后座椅上的信袋里，然后送往南陵县邮局，经过分发，再寄往杭州。等杭州老父亲收到信的时候，已经是一周或者10天之后的事儿了。老父亲坐在阳台上，打开我写的信，信很短，我说："我们10个女兵用一盆水，我想回家。"

老父亲抖着手看完那封信,然后,他沉默了好多天。某一天,他在房里回信。他斜着身体写字,似乎要用自己的臂弯给我一点点的保护,因而所有的字都是斜排的。他写着写着,忘记他眼泪一颗一颗掉下来,泪水模糊了钢笔字迹;他继续写,上面的字迹花掉了,他也顾不上了。他卷起信叠好,找出牛皮纸信封,贴上早已买好的邮票,然后步行到解放路路口的邮局,寄出。初冬的杭州,梧桐树叶变得枯枯黄黄散落一地,父亲后来说,我一个南方人,参加过抗美援朝,在刺骨寒冷的冬天去了战场。你现在是军人了,你不能掉眼泪。

等我收到父亲信的时候,已经是12月。那个时候,我已经在新兵连待了一个多月了。我们是在一天训练结束后,由蒋班长将我们的来信发放。我捂住信小跑着来到两个仓库之间的走廊,那里不会有人来打搅你。可是强劲的穿堂风呼啸而过,抖着的信纸也呼啦啦地作响。我打开信很惊讶,因为看不清信的具体内容,信纸有点干硬,上面的字显然被泪水打湿,凝固后结成一团团的模糊。我在那个风口伫立许久。从那天起,我发誓:永远不要跟父母诉苦!

那封信改变了我,一夜长大。以后所有的辛苦与艰难我都学习自己扛,决不抱怨也不埋怨。我因命运的牵引来到皖南山区当兵,我并不知道如果选择了其他的人生道路会有怎样的命运。在你年轻的时候，并没有太多选择的权利。人生道路虽然崎岖蜿蜒，可该你走的路你一步都少不了。所有情感累积的过程，也是你性格磨炼与养成的使然。我不知不觉地变得坚强、独立、能够面对生活里的挫败，也开始跟集体融为一体。有一次半夜紧急集合，我掉了队，我吭哧吭哧地继续走着，与另外两个掉队的男兵相遇，他们一起鼓励我坚持下去……很多年以后，其中的一个战友，来上海找过我，我们相逢一刻，都情不自禁回忆起新兵连的点点滴滴。他说，新兵连让一个男孩子成为男子汉，而我在心里默默地说，新兵连也让一个女孩子成为一个战士。

我皮肤开始变黑，身体健壮起来，饭量巨大，且动作麻利。我学会了在炊事班包包子，包饺子，在冰冷的河水里洗床单被子，甚至还学习了一点点当地的方言。我打靶的成绩很好，5发子弹40环；我融入新的生活中了，像队列训练、紧急集合对我而言，都不在话下了。

那个时候，我们挺期待的一件事儿，就是新兵连的拉歌活动。我们坐在男兵训练的仓库里，跟男兵们一起拉歌。这也是我人生里第一次知道什么叫部队的拉歌。大家济济一堂非常兴奋。一个男兵站起来、立正、敬礼，双手的幅度很大，他指挥着，让大家跟着他的手势朝同一方向做出排山倒海的姿势来。

他扯着嗓子大声吼道:"八班八班来一个!二班二班冲冲冲!"此时此刻,仓库里回荡着震耳欲聋的喊声,大家跟着他的节拍大声地跟着吼起来!于是八班开始唱歌,一曲结束,掌声还没有响起,那个战士又站了起来:"对面唱得好不好?"大家齐呼:"好!"战士继续吼得震天动地:"再来一个要不要?"大家欢腾:"要!"战士:"八班唱歌声音大!"全体一起呼喊:"打雷刮风都不怕!"战士:"欢迎他们来一个!"我们全体按着节奏鼓掌:哗!哗!哗!哗哗哗哗!

仓库的气窗很高,此时此刻,外面的月亮恰到好处地浮在窗户上,屋内却是热火朝天的激情与血气方刚的昂扬。我大声地由衷地跟着大家一起喊,一起叫,时间变得淋漓尽致且你的情绪与感受也被这些前所未见的人与事占据,你不知不觉融入其中。

那个时候,除了每周的拉歌,还有每天黄昏的时候,我们女兵就到河边洗衣服。12月了,风飕飕飕,树枝的末梢伸入天空。河水刺骨冰冷,你接触河水的一刹那,感觉你的手指要被冻断了。空中还有点点雾气,仿佛是山里的呼吸吐了出来,周围的天色暗暗的,不一会儿,河边我们的嬉笑声打破了平静。我的手经过新兵连之后,居然神奇地不再长冻疮了。

另一份期待,就是我们女兵的每周大事,去洗澡!

对，是去洗澡！洗澡的地方是在附近仓库的一个生活区，有男女两间浴室。一间估计可以容纳10个人。我们一般是中午饭后排队出发，一个人拿一只脸盆，里面有毛巾、肥皂，随身背着的军用书包里，还有换洗的衣裤。

我们集体出发，排队穿过田埂，心情因为即将来到沐浴而豁然开朗心驰神往。远远看见的澡堂，非常不起眼，平房，只有从烟囱里冒出来的烟雾，是我们此时此刻最愉快的向往了。

澡堂的上方有个气窗，从那里望出去，外面是湛蓝的天和可爱的云。而你的身边，是一个个年轻饱满、鲜艳活泼的身体……肥皂水淌下来的沫沫滑过小腿，带着年轻胴体的气息，弥漫在小小浴室。是的，我们还会在洗澡的时候打打闹闹，叽叽喳喳。当我们一个一个洗好了澡出来，人人神清气爽，风轻云淡，脸都白了好多，脸孔红扑扑，湿漉漉的头发搭在双肩，走路一跳一跳。皖南的冬天，阳光格外珍贵，近处有狗在叫唤，远处看见稀疏的枫叶，金黄的大地，以及老屋的袅袅炊烟，仿佛在对我们女兵说：嘿，你好啊女兵！

我们4个杭州女兵依旧保持着美好的关系。小青长得很美，她是那种很标致的古典美人的样子，非常白、长眉、丹凤眼，说话永远不紧不慢，神情却有一种迷离的朦胧感。有一次打靶她脱靶了，她哭得昏天黑地，我俩站在两个仓库之间的走廊里，我掏出不知道哪儿来的高粱饴给她，她慢条斯理地剥着糖纸，眼泪乱溅，却有条不紊地将剥开的高粱饴放入嘴里。我看见她鲜艳的嘴唇上有糖衣的粘黏，浮在她嘴唇上一层透明的薄衣，她不哭了。40年后，我和小青回忆起高粱饴和眼泪的故事，忍不住叹息青春的痕迹如此透明鲜亮。还有玲玲，她有着好看的纤细的长长颈脖，身板笔挺，待人处事比较稳当，当年就觉她以后会当干部。若干年后，她在部队立功提干，转业之后果真成了一名优秀的干部。阿琴则是个爽朗的人，喜欢大笑，为人爱憎分明，白就是白，黑就是黑。我喜欢她快人快语的样子，她什么话都会"掼过去"，什么心事，都会"吞落去"。现在的她，已经是个快乐简单的漂亮奶奶了。

1981年12月初，我们迎来了发领章帽徽的难忘时刻，这意味着从这一天起，我们可以正式佩戴领章帽徽，成为名副其实的军人了。

这是很光荣的时刻。新兵连给我们请来了摄影师。应该是来自繁昌县或者南陵县照相馆的师傅。新兵连连队的一间平房里，靠墙是一张木头长凳子，你坐下，对着前面的照相机，拍照的师傅说："头正一点点。笑起来。"

我们各自拍了自己军旅生涯的第一张军装照。

当然，我们4个女兵也要合影。我们站成两排，我跟小青坐在前面，玲玲与阿琴站在我们身后，对着镜头羞涩地美好地微笑。阿琴在照片的后面写道："摄于1981年12月，皖，南陵×××××部队新兵连。"

从那以后，我穿上了军装，成为一个兵。1982年1月，我们结束了新兵连生活分到各个部队，开始了我们难忘的军旅生活。

一直很喜欢那首歌《祖国不会忘记》。歌中唱道："在茫茫的人海里／我是哪一个／在奔腾的浪花里／我是哪一朵……"在滚滚岁月洪流里，我们女兵何尝不是时代浪花里的那小小的一朵？

2014年12月的一天，我与小青，玲玲，阿琴在杭州相逢。我们拥抱在一起，时光仿佛停滞不前，却又奔涌而去。

我们按着1981年我们在新兵连里照片的座位，一起对着镜头，玲玲喊："笑起来，笑起来。"

我的眼泪无声地落下，正如歌中所唱："不需要你认识我／不渴望你知道我／我把青春融进／融进祖国的江河……"岁月如歌，青春作证。

最美丽的要算我对亲密战友的回忆

站在斑驳的墙前，我泪如雨下。看着那绿色白字的门牌号："127大院"，我半天没有动弹。那是2023年11月，深秋，冷风飕飕，寒气冻人。天空有点灰暗。有鸟飞过来，它们无声无息地滑入大院里，穿行在焦黄的树叶与沉寂的空屋上，谛听这遥远且静谧的世界。

大院白色的铁栅栏打开着，从边门进入，一条道路笔直展现。没有行人，路上堆满枯叶，只有中间那细细长长的痕迹，提醒有人曾经造访。

据资料：127医院建于1969年，位于安徽省南陵县，当时有300个床位，有急诊、内、外、妇产、小儿科及各辅助治疗科室及手术室；政治、行政科室齐全，是一所战、地两用的综合性医院。和平时期的127医院主要为老百姓服务，当然也承担着对附近部队官兵的医疗服务工作。

从1982年1月到1984年8月，我在那里当战士。

1982年1月，我们4个杭州女兵经过新兵连的艰苦训练后分配到127医院。我分到政治处，当广播员、放映员，后来当过通信员和报道员。跟我一起从杭州来的女兵阿琴分到了药房，小青先在洗衣房后到门诊部，玲玲则在外科病房。

我所在的广播室就在食堂边上的一间小屋子里，屋子被木板分割成里外两间。里面我跟另一个女兵住，外面就是广播室了。广播室的机器十分简陋，一张大桌上放着播报的仪器，还有唱机。宿舍的后面，有葱葱绿绿的树木。我们的洗漱在门口的一个水池边，如果上卫生间则要走过一个开阔的小操场，往下坡走，然后在一个小坡的简易"公共厕所"里解决。

那个开阔的小操场边上，一排排水杉沿河而立，水杉的后面则是深不可测的河流……当春天来到的时候，水杉的绿色像蜻蜓身上的色彩，阳光飘浮在那里，河水里的水杉影子摇摆着，舞蹈着。

我刚刚到127医院的时候，正是冬天。早晨，天空是蟹青色的，凛冽且寂寥。我把一张军号唱片放入唱机，将唱针小心翼翼放在唱片的边缘，然后，推上放音键，徐徐推出。起床号有着比天空更加辽阔的力量，像展翅高飞的大雁，激活了一天的开始。

当我离开军营后，我的梦里一直回荡着军号的旋律，那些融在记忆深处最刻骨铭心的声音，袅袅不绝、深深浅浅地陪伴我，直到今天。

2023 年 11 月，当我再度来到南陵县马家咀，看见一个农家院门口竖立着"我在一二七大院很想你"的招牌。一位白发苍苍的阿姨说，她以前就在医院里做过，现在帮着开农家院。每年，那些来自北京、南京、安徽、上海、杭州当兵的人，带着家人来这里走走看看。

我走进了大院。通往当年广播室的道路被横七竖八倒地的树木挡住，往前看更像是一个深不可测的片场。我站在那里，河流被荒芜的树枝与陈年失修倒塌的房屋遮掩阻挡，只是抬头一望水杉，墨绿色与深棕红交错，地上的枯树叶你踩上去湿滑黝重。突然，我听见孩子的笑声，回头一望，只见几个孩子骑着自行车被家长带着来这里骑行。他们的身影在陈年老旧的气息里一闪而过，笑声如钢琴声丝丝滑过。

1982 年 1 月，我分到了广播室后就被"赶鸭子上架"去放电影了。我们广播室归电影组管，作为新兵，当然要听从指挥，于是，我懵懵懂懂跟着放映组长来到篮球场上。这个篮球场，是 127 医院员工自己修建的。组长带着我来到那里，我们在两根杆子前挂幕布，我个头小力气弱，边上的老百姓看不下去就主动上前帮忙，大家嘿呦嘿呦地把幕布挂好。幕布一挂上就是宣布晚上要放电影了，于是，下午 3 时许，人们从四面八方涌来。男人们裹着棉袄，胳膊里夹着小板凳，嘴里叼着香烟，黑黝黝的脸上露出了只有喝了小酒后才有的笑容；女的则戴着头巾，裹着大袄，两个妇女一前一后抬着木头长条凳，步履轻盈，欢天喜地……

我在电影组速成了倒片后，又跟组长速成了放电影的理论知识，几个小时后，我已经出现在篮球场上了。架在那里的电影放映机被老百姓前后左右给围住了，放眼过去就是密密麻麻的人头，幕布前后都坐满了人，还有很多人是站在那里的。因为寒冷，人们嘴里哈出的一团团热气随风飘荡，那些夹杂着当地土烧和韭菜大馍的味道瞬间在你的前后左右升腾燃烧成火热的情绪。一个老乡叫起来："新兵来了！看！新兵！"他们让开了道路，我有点胆怯地往前，周围全是眼睛，黑夜里，天空似乎都挂满了眼睛。

众目睽睽中，我被"架"上了放映员的岗位。我们当晚放的电影叫《丹凤朝阳》。《丹凤朝阳》由长春电影制片厂出品，刘文余执导，王一平编剧，陈烨、顾伟等主演。该片于1980年上映。说的故事是：为庆祝建党33周年，中央美院教授周莲在苏州刺绣研究所挑选绣品时，一幅《丹凤朝阳》勾起回忆，忆起当年画展上苏州卢绣传人卢元凤之妹卢文凤的刻苦临摹，及其家庭因绣霸赵成迫害而陷入困境的往事。80年代的电影，带有那个时代的特色，这也是我放的第一部电影。我也没有想到从此以后我跟影视剧结下了不解之缘。

当时我多紧张啊。这样突然提溜着给人放电影，出错实在难免。组长一边换片一边教："等银幕上出现第一个白点时你就要准备了，等第二个白点亮起来的时候，你就按我说的开始放。"边上的老百姓附和着："你开始放！"我目不转睛，当银幕上出现第一个白点的时候，组长说："准备！"边上老百姓起哄吆喝："准备！"我手抖心颤，目瞪口呆，按住机器，完全处于一片懵懵懂懂状态，哪个开关哪个白点，说句直白的话，我的头发都是竖着的。再一看，银幕两个白点都消失了，此时此刻银幕一片空白，老百姓又是倒彩又是吆喝，好不热闹。我心跳加速，两眼昏暗，像是被人打了一巴掌般地僵硬，组长干脆自己亲自放映了。一边放一边继续批评指正。可等到下一段，他这边刚刚出了一个白点，我已经提前放了。周围的老百姓更加开心了："新兵啊！没啥没啥。"

电影放完，观众就突然没有了，像是被谁大笔一挥所有的就此抹去。整个篮球场上，刚刚还人声鼎沸，此刻空空荡荡。只有篮球场背后房屋的一盏灯依旧伫立明亮。灯光照着空旷的篮球场，夜幕拉开，127医院进入了沉睡中。我汗流浃背走向宿舍，清冽的夜空有着果香的气息，这是我在都市没有体验过的味道。

回到广播室，放熄灯号。万籁俱寂中，我将熄灯号的唱片放入机器，又小心翼翼将唱针轻点在唱片的开端，干净的、宁静的、宛如笛子般的声音，穿越安静的篮球场，穿透一排排水杉的间隙，穿行在127医院的天空里，像蝴蝶一般停留在夜色里……

毕竟是部队医院，相比更严苛的军营，我们的生活有很多自由的空间，又因为我们是女兵，也会受到格外的尊重与爱护。

比如，我们从医院到南陵县城，可以穿过田埂的小路步行40分钟前往，也可以站在路边拦车，要求搭顺风车去南陵县。每次只要我们往路边一站，无论是卡车、拖拉机都会停下来载我们一程。有几次，因为我们人太多，司机只能让我们坐到敞篷车上面，司机开得很慢，风打在脸上，我们的脸蛋红扑扑的，两边的田野不知不觉从枯黄变成嫩绿，再由青葱转为金黄。四季在我的眼里，是面前这片开阔的田野，是飕飕而过的小风，是电影胶片上不时变换着的白色点点。

那个时候，广播室已从食堂边上搬到了政治部的房子里。这个房子是个大通楼，很整齐的上下层办公房。从前面进去，左右两边各有七八间房子，往左边走廊直接到底，是医院总机房，总机房边上就是我的广播室。

当时地方打部队电话很难，谁家要是有一台固定电话也是不得了的事儿。所以，如果有干部家属从家乡打来电话，需要通过总机转。总机班的姑娘们个个活泼可爱，善解人意，会亲切地告诉对方："我去叫，请10分钟之后再打来。"

我住的广播室就在总机班的隔壁。总机班的姑娘就来敲我门："陪我一起去护士宿舍叫人接电话？"我立刻披上衣服拉过她的手一起走出楼道，走向夜色。

2023年，当我再度来到这里，望着残墙冷瓦，我热泪盈眶。我看见那个夜色里的自己，与总机班女兵手挽手从里面出来，看见与青春擦肩而过的那个更年轻的自己。1984年，我的第一篇短篇小说《我爱阳光》，发表于安徽《希望》杂志，我写的就是半夜女兵接电话的故事。

话说当年，我们在夜色里来到护士的宿舍。那个护士宿舍，就是如今从127医院进来路途上可以遇见的整排整排的小矮平房。如今荒芜一片，当年可是青春洋溢。走进去，走廊里有蜂花牌洗发水的味道，还有一点点消毒水的气息。我们到了×宿舍门口，敲门，提着嗓子喊："××护士在吗？有长途电话。"对方急不可待地拉门，露出急切的神情："我跟你们去！"

现在，两个人变成了三个人，我们小战士走在前头，后面跟着的是小护士。小战士穿两个口袋的衣服，护士们已经是干部，她们穿四个口袋。现在说起来，很多小朋友完全不理解两口袋四口袋是什么意思，可在当年，如果谁家当兵的穿四个口袋的衣服回家乡，那可是不得了的事儿，说明她已经是干部了。

　　进了楼，小护士跟着总机姑娘去总机房。不一会儿，我的广播室的门被人急促敲打，门略开一点点，小护士已经一脸是泪地滑了进来，没等我说话，她一头靠在我床沿上，双手捂住脸孔，少许，双肩抖动，半天，发出"呜呜呜"的声音，她哭了。

　　我捧上热开水给她，这样的哭泣，是真正伤了心的。她断断续续诉说跟对象分了手。本来都说好要结婚的。因为两地分居。

　　那个晚上，我放熄灯号。我长久地盯着唱针，看唱片的旋转，世间很多故事就这样一直旋转一直围绕一直重复。痛苦或者悲伤，都刻在唱片里了。

　　可我是来不及悲伤的。我那个时候，还有很多的工作。比如，我当过很短暂的通信员。当时医院人手实在不够，就让我这个不会骑自行车的人，每天往返于医院到南陵县的邮局，为医院取信件。

　　我之前压根不会骑自行车，现在一上来就给了一辆大二八，还要收取全院的信件，责任太大了。之前我完全不懂放映，却被推着当了放映员，现在完全不会骑车，却也当通信员了。也许，这就是部队的锻炼吧！

可是我每天对要去县邮局这件事依旧非常非常紧张。那条通往县城的田埂当然无法推着自行车行走了，我只能沿着公路推着走，如果前后没有车，我试着单脚侧滑，溜起来，可就觉得自行车无比沉重，像是你无法把握的世界。我只能一步一步慢慢地往前推，一直推到南陵县邮局，满头大汗停好自行车后，步入后门，直接进入收发室。一个工人背对着门口，他似乎感觉到我的来到，他一动不动站在一个个小格的信件收发格面前，嗖嗖嗖，准确地将各种信件投进各个单位的格子。他并不回头看我，说："127医院的你拿走吧。"

我从格子里取过医院的信件，往两个军用袋子里装，沉甸甸的。拖到自行车边，会有工人过来帮忙，架到我的自行车后座上。然后，漫漫路途，我独自推车回院。

那一路走来，现在想起，也是百感交集。我的杭州女兵小青至今念念不忘："你推着个自行车，爬坡的时候，你人就更小了。"

可是，当我推着沉重的自行车出现在医院大门口的那一刻，我发现自己是如此的重要，因为很多等着家人来信的医生护士小兵都会提前站在大院的门口等着我的出现！当他们看见我的时候，几乎是奔涌而来，脸上绽放着明媚的笑容以及满眼的快乐，常常是我的自行车还来不及支撑站稳，他们已经抢先将那个绿色的袋子拿下，心急火燎地伸手进去，急不可待地翻找查寻。这个时候，我就退到一边，满载而去的人奔涌朝前，无比失望的人则帮我推起自行车，再三询问我明天大概从县城回来的时间。

所有的等待，都是故事的一部分。

然后，我将剩下的信件搬到电影组归类，放好自行车，再把那些信件送到各科室。我穿过一个长长的走廊，走廊里，总有病人在那里聊天，有一些是附近的战士，因为平时见到女兵的概率很低，他们的眼睛就扫向了我。我低着头，默默走开。

后来的一天，我终于骑上了自行车，然后在医院食堂附近重重摔倒……在床上躺了三天之后，终于不再当通信员了。领导的话我记忆犹新，他说："雷锋入伍前还做过通信员的工作。"

1982年，我有机会跟着宣传科以及上级宣传处还有军区报社的老师学习。当时他们在做一个典型人物的故事，127医院有个医生叫唐祖贵，她是深受皖南山区人民和指战员们爱戴的一名女军医。1982年南京军区后勤部政治部出版过一本《一心为公的好干部唐祖贵》，里面详尽地书写着唐祖贵医生的事迹。我也因此得以学习、采访，并开始写作新闻稿件。这几乎是一次深入的学习过程，也对我以后从事新闻工作和走上写作道路打下了基础。

唐祖贵医生是在1969年建立127医院时主动来到这里的。她担任门诊接诊室主任，兢兢业业全心全意为病患服务，成为人们赞不绝口的"白求恩式的大夫"和"活着的雷锋"。我认识的唐医生瘦瘦的，个子也小小的，可身上却有一股子雷厉风行的精气神。1983年10月，我被抽调去南京做"南京部队后勤部育才成果展览"，展览有很大一部分是宣传唐祖贵医生。去南京前，我跟唐医生说了南京展览的事儿，她说："我没有什么好宣传的。"我转身离开的时候，她说有机会要去看看南京的鸡鸣寺和中山陵。多年以后，当我成为南京政治学院新闻系的学生时，我去了鸡鸣寺，也去了中山陵。

所谓战友之间的默契，大概就是你说过的话，在我心里又会走一遍的意义。

此时此刻，我的面前是当年的那本小书《一心为公的好干部唐祖贵》，有一篇题为《怀念战友》让我泪目。唐祖贵医生写道：

"人的记忆中有许多美丽的东西 / 然而最美丽的要算我对亲密战友的回忆 / 他们在我生活中起着非常良好的作用 / 使我永记不忘 / 只要我一想到在战火中度过的青年时代 / 就必然把

这些光辉的名字联在一起／我万分珍惜友谊，炙热的、诚挚的／生死不渝的友谊／不管他们还能否记得我／我都要把他们永远刻在心里／因为他们是我生活中的浪花／是我记忆中的光辉。"

"最美丽的要算我对亲密战友的回忆"，往事如烟，岁月似雪。127医院从1969年建院，到1987年被整编撤销，有过18年的历程。虽然我在那里不到3年，但当兵的日子，宛如山花一样绚丽。当每一个黎明的到来，当每一个夜晚的来临，那段悠长的、明净的、纯粹的、嘹亮的军号声，滑过时空，穿越江河，直抵心灵，成为我们对青春、对岁月、对战友庄重的敬礼。

工资

那是20世纪70年代的一个清早,我两眼一张,姐姐的脸在我面前放大着,人的脸太近了会失真,印象里姐姐的两眼如猫如虎,炯炯有神,她一字一句道:"你等着,我今天发工资!"

那天晚上,爸爸拉着我,穿过杭州南山路的一条小巷,到达姐姐工作的整流管厂。

已经晚上8时许,在那个年代这个点都是睡觉的时间了。可整流管厂门口的灯光,依旧闪亮。爸爸拉着我来到厂门口的传达室,只见姐姐闷头坐在那里,头很低,差不多要挨着膝盖了。爸爸说:"找我们来干什么?"边上她的师傅说:"她脑子搭牢了,把第一个月的工资弄掉了!你们屋里厢到厂里顶多两站路,她来来回回跑了20多趟嘞!"

此时,姐姐突然"哇"地哭开了!

那个晚上,爸爸走在前头,我和我姐姐跟在后面。静谧的南山路,人影稀疏,偶尔有开过的公共汽车8路车,徐徐前行。姐姐脸上还挂着泪痕,我拎起一根枝条,沿着墙壁一直划着,嘎嘎嘎的声响在如水的夜色里格外青涩。

姐姐长我 7 岁，初中一毕业就当了学徒工，工作的第一天她就打听得煞煞清爽，学徒第一个月工资是 15 元钱，出了学徒是 32 元。

我们一路无语回家。妈妈看见姐姐，温柔地拍拍她。姐姐本来已经不哭了，这下好了，整栋楼都是她很有力气的哭声。

晚上，我跟姐姐睡一个大床，她支起胳膊看着我："我本来想得很好的，10 元钱交给爸妈，5 元钱给你、给哥哥弟弟买东西。"

她转过头平躺，瀑布般的头发撒在枕头上，像奔放的黑玫瑰。她一字一句道："你将来拿了工资，第一个月的工资，一定要交给爸爸妈妈！"

1981 年冬天，我来到皖南山区的部队当兵，1982 年初，我们从新兵连分配到了 127 医院，也发了我们小战士的"津贴费"，当年是 7 元 5 角。跟我们一起的男兵是 7 元，女兵多了 5 角是卫生费。

冬天的周日，我请假去了县城邮局。我日记里记录了这样的文字："冬天的早晨，冻僵了一夜的泥土，还未被阳光晒成松软，因而踩上去生脆生脆地硬实，皖南冬天的风，是从山野奔下来，扫过田野与公路，一个劲地往你裤腿里、袖口里灌，一张嘴吸进寒风，瞬间抵达骨子里。这是晴朗的早晨，也是美好的早晨。"

在邮局，我要来一张汇款单，汇款单右边有"耳朵"，汇款的人可以写备注或者留言。我写道:"爸爸妈妈,这是我发的第一个月的津贴费。小萍。"

我寄给爸爸妈妈 5 元钱,我自己留了 2 元 5 角。

那个"汇款耳朵",被爸爸妈妈保存了。

后来的我们,基本不到邮局汇款了。我们给小辈发的红包都是微信转账,于是,说起当年到邮局汇款的事儿,遥远得像是电影。

对我而言,那是我的生活,就像我的母亲,在我有记忆的时候,每个月我会陪她去邮局,她分别给奶奶、外公汇生活费。那个时候,我就觉得人生第一个月的工资,是一定要交给父母的。

况且,1982 年的 5 元钱非常顶用啊。

幸福的一部分

那个时候，我、小叶、小江都只有20多岁，我和小江刚刚从南政毕业，小叶也才从复旦毕业，我们一起在北京的一家报社实习。我们上夜班，从晚上8点工作到第二天凌晨，下班的时间一般是凌晨2点左右。

故事就从午夜下班以后开始的。

通常，我们上完夜班后会到报社的食堂去吃免费宵夜。凌晨时分，食堂进门的地方亮着灯光，一溜的日光灯在黑夜里熠熠发亮，格外夺目。在这样冷峻的光感里，我们坐在长条桌上吃馒头咸菜，或者饺子。那个时候，不作兴一边吃饭一边聊天的，我们匆匆忙忙扒完几口后，走出食堂，返回宿舍。

可是，那一天的月亮显然要给我们幸福的意义。北方深秋的夜色里，一枚硬币般的月亮挂在树枝的背后，它的光芒仿佛会发出声响，袅袅地在笔直的小路上跳动。小叶说："这么好的月光，现在回宿舍可惜了，要不我们走一走？"小江跟我狠狠点点头，于是，我们很愉快地决定下夜班后要一起走一走。

我们走出报社，走上阜外大街。那时大街安安静静，偶尔会有通宵的公共汽车慢慢开过,车上零星几个人影在晃动着,很像一幅木刻作品或者老电影片段。小江说:"他们也上夜班。"小叶则说:"谁知道里面有没有被老婆赶出家的。"

我们就笑起来,为了这一句玩笑。笑声在清冷的街道上回旋了一下子,随着秋叶飘摇着落下。

又一夜,我们走到一家商店的门口,是一家服装店。凌晨时刻,外面乌漆嘛黑,橱窗里的模特儿冷酷地杵着,她们的表情都是不笑的,很奇怪的样子。我把鼻子贴在玻璃上,对着那里哈气。小江说:"这有什么好看的,你将来嫁了人,叫老公给你买很多的衣服吧!"

他俩就莫名其妙地笑起来……青春男男女女在一起,总免不了聊一下子个人恋爱点滴。当时,小江在上海有一个女友,小江的理想就是有一天等赚够了一笔钱后跟她结婚;而小叶也有了一个目标,但一切还悬而未决;至于我么,也在合肥有了他。我们仨各自讲述自己的恋爱史,他们问得比较多的是女孩子也许会喜欢什么,我问得比较多的就是将来如何跟对方的家庭相处。在空无一人的街上我们彼此发誓,我们一定会幸福的。

当夜幕降临的时候,当月亮升起的时候,我们仨几乎每天下夜班后就到大街上遛弯。有时从后门出去,一直走到三里河；有时走前门，到甘家口、展览路。我们漫无目的地走，说一些平时不说的话，讲一些跟别人没讲过的事情，现在想想也都记不起来有什么话可以天天说还不腻，只感觉当时很容易笑，也特别容易开心。

有一天凌晨，我们路过街边的一个电话亭，小江碰碰我胳膊："你看你看电话亭！"只见电话亭里站了一个男人！小叶道："他在发呆！"再一细看，那男人果然生生地站着。我轻声地对他俩说："他不会想不开吧？"小叶追上一句："样子蛮像想不开的！"小江说："要不我们围着电话亭转圈吧，一直转到他不耐烦为止，这样他就不会想不开了！"

于是我们仨就顺时针绕着电话亭转圈……现在想来真是不可思议却啼笑皆非，我们仨当时有多奇怪多热血啊，我讲给今天的小朋友们听，他们笑说，第一、关你们什么事情？第二、你们凭什么认为对方在想不开？

总之，当我们围着一个电话亭转圈走到第三圈时，电话亭里的男人站姿有所改变，当我们走到第五圈时，他推开电话亭的门走了出来。

他下巴收紧，眼睛直视我们，然后一笑，走了。

我们目送着他的身影消失在凌晨的街道里，迎面而来的公共汽车的声响带着力量也抵达我们的心灵，做一个任何时候都热心热肠的人，做一个善良并幽默的人，这就是小叶与小江给予我的青春理念。

头上的月亮从圆润到细弯，我们的脚步从轻快雀跃到踩着粉渣渣的残雪吱嘎吱嘎地响着，在夜复一夜的漫步中，我们的故事也阴晴圆缺，似一条小路曲曲弯弯向远方。在我们的鼓励下，小叶为了追他的女孩子，特地到友谊商店去买了一大把鲜花，连夜乘火车去女孩子家乡，当面把玫瑰花献给女孩儿。他说，为了使花不在车上受到半点损伤，他只有手捧鲜花一路呵护。这么一个僵硬的姿势，真是难为他了。小江也回家见了那个女孩子，女孩子提出要吃话梅，可是没说是哪一家哪个牌子的话梅，小江就把南京路上所有牌子的话梅都买了一包送给她……

今天的我，依旧会被一路手捧红玫瑰和买遍南京路上所有牌子的话梅的细节而打动，这些非常质朴与单纯的付出里，有一心要让对方高兴的兢兢业业。现在想来，十分唏嘘也颇为感叹。时光催促，脚步生风，几十年过去，今天的我们，还有这样的纯粹吗？

现在，我们仨每年都要聚聚。小叶依旧一脸的书卷气，镜片后那微笑的光芒意味深长；敦实又黝黑的小江，永远激情澎湃，事业拼命，记得我刚刚来上海那会儿，某一天发现租的公寓的床板下有声音在嗞嗞作响，我叫来邻居掀开床板一看，床下密密麻麻全是蟑螂，原来我的上一家租客居然将方便面零食等都扔在床板下……我打电话告诉小江，他二话不说："你别怕，我这就过来！"半个小时后他赶到，很神奇地居然还带了灭虫剂！瞬间泪目，为有这样仗义的朋友而备感欣慰。

2024 年 4 月，我去北京出差，在一个夜晚，我独自沿着阜外大街走走。春天的柳絮飞飞扬扬，我的面前浮现出我们仨青春盎然的样子，我们曾如此意气风发，又如此美好地彼此鼓励：一定会幸福的！

现在我想，我人生有这样的朋友，也是幸福的一部分吧。

我的天才女友

我发微信给冬梅,她大部分时间是不会及时回复的。所以,我如果要找她,就直接电话她,一打她就接,她的声音温婉且有力量,第一句就是:"怎么了?"

她是医生,所有打进她手机的电话,她会条件反射地问:"怎么了?"

我说我有两张陈慧琳演唱会的票子,要不要一起看?

她搭高铁从合肥到上海,我们约了在世纪大道的宝莱纳见面。她一袭白色风衣,短发,脸部线条柔中带刚,嘴唇薄薄的,显得干练、认真。鼻梁上架一副透明边框的眼镜,镜片后犀利的眼睛专注地、直直地盯着你,她从不抢话,很耐心地倾听,如果要她开口说话了,她就像看"疑难杂症"一般,一板一眼,一字一句,眼睛深深地盯着你……这样是很有力量的,来自她的安静与专注。

我先生的大姐告诉我,省立医院专家栏里有她的照片和介绍,她还是博导呢!我微微有点惊讶,这个医生漂亮也就罢了,漂亮还医术精湛,真是让人又羡慕又妒忌啊。我们20多岁就在一起玩，慢慢地，我忽略了她的职业。这30多年的友谊下来，彼此早已是命里的亲人。

在20世纪90年代初的一个晚上，我公公胆结石发作，疼痛无比，我跟我先生一起陪着来到医院急诊，预检的护士说没有床位了，看着爸爸痛苦的样子，我奔过去找值班医生，见到值班的医生，我"哇"地就哭了。值班医生让我别急，连忙到爸爸跟前观察数分钟后，雷厉风行地决定立刻住院。

老爷子很快住院开刀，康复得也不错。转到病房后，那个接诊的值班医生过来看老爷子。老爷子赞美她医者仁心，她说："鲁老，我看过您的小说啊，《天云山传奇》我读过好几遍。"一听美丽的医生居然看过自己的小说，老爷子顿时精神抖擞，他清清嗓子喊我："丽萍，这个医生不错，是读书人。"

值班医生叫冬梅，我们就这样认识了。从那以后，无论过了多少年，每当寒风凛冽，枝头绽放梅花朵朵时，我知道，冬梅的生日到了。她妈妈给她起名冬梅，是12月的孩子。

我俩开始了漫长的友谊。她后来说，你对家人的样子让我相信你是可以做朋友的；而我说，爸爸说你是个读书人，读书的人是讲道理的。

我们成为无话不说的朋友，我们走得近走得深的理由，也来自我们完全不同的职业，且都有空间，又充满了好奇心。她跟我的演员啊画家朋友吃饭,她很惊讶我们说话的方式,用她的话说就是很有趣;而她带我跟她的医生朋友一起坐坐,听他们轻描淡写讲着开刀啊手术啊解剖啊等重大事情,他们的举重若轻真是让我无比钦佩万分崇拜。因为行业隔着万水千山,至今我们都对对方的职业与使命充满了尊重与向往。

在合肥的时候,我们下了班好像常常在一起。一起去逛女人街,一起去吃火锅……对了,这里要说说吃火锅的事情。她家有个阿姨叫小粉,离开她家后去了火锅店当了传菜员,就是把客人点的菜配好交给服务员的那个工作。显然,冬梅是跟小粉招呼过的,我俩步入餐厅后,感觉到了一种奇怪的气场,我们犹如大腕驾到,周围充溢着风起云涌前的那股子排山倒海的力量。冬梅往配菜区踮踮脚,配菜间里站着小粉,两个人确认眼神后,我们坐下。我说是不是小粉在我们就有折扣啊?冬梅也不回复,她装模作样拿起菜谱看着,很操心的样子,像看病历一样,然后,她很冷静地拿菜谱遮住鼻子,悄悄说:"一会儿你吃就是。"我一下子紧张起来。服务员过来了,假装给我们点菜,还不时点点头的样子,忙得很。冬梅点了锅底和一盘牛肉后就还给服务员菜谱了。服务员心领神会悄悄道:"小粉已经关照过了。"我跟冬梅对望了一下,我越发紧张了,好像一个巨大的阴谋此时此刻开场了。不多会,服务员一本正经地送上了猪脑、牛肉、虾、鱼等,服务员点着火锅,锅里一半白汤一半红汤,热气一点点弥漫开来,水雾起来了,氛围上来了,店里的玻璃窗上铺着雾气,袅袅迷雾里,人美菜更美了。服务员时不时地从我们身边转过,像变魔术一样接二连三地递上不同菜式,我们从一开始的喜悦激动,到后来的相对无言,最后变成勤勤恳恳埋头苦干,间隙,冬梅回头,配菜处的小粉伸长脖子跟她点点头,两个人遥远的眼神碰撞后,又一拨轰轰烈烈的牛肉羊肉午餐肉狂轰滥炸过来。我们的手在鸳鸯锅里摇摆的力量显然不足。

那天午后,我跟冬梅摇摇晃晃走在红星路上。我记得我俩都吃哭了,我们扶着墙,哭着发誓此生要向小粉学习,发誓要对彼此好一辈子,以后谁要吃火锅了,万水千山都要赶到对方的身边。

这里多一笔,后来越想越不对,冬梅还是补了小粉那顿火锅的菜钱的。

90年代的某个周末,我拿了一小笔稿费,我请冬梅一起从合肥的骆岗机场飞去上海,那个时候,还没有高铁,合肥到上海要坐一夜的火车,我就请她一起乘飞机到上海。到了上海后,我们住在徐家汇的气象宾馆,是她掏的钱。我们推开那个房间的窗户,是一所小学,好像是汇师小学,边上,还有徐家汇天主教堂。

她的一个朋友也过来跟我们一起逛街。我记忆很深的是我们一起逛淮海路上的"巴黎春天",冬梅买了白色的衣服。我问她,白大褂还没有穿够吗?她点点头,很认真地说:"我觉得我穿什么都不如白色的好看,读大学的时候实习,穿着白大褂,就觉得那是我一生的职业衣服。"我想了想说:"我也觉得我穿什么都不如穿军装好看。"

然后我们在鞋子柜台买鞋,冬梅的朋友看中了一双鞋,坐下试起来,明明已经一只脚在试穿了,边上一个老人家偏偏说那是她的鞋,朋友就跟她吵了起来,声音还相当响亮。最后冬梅的朋友把脚上的鞋一脱不要了,说:"给你啊,我给你鞋啊!"这话让老人家误会了,突然爆发起来,不依不饶地骂:"黄泉路上无老少!"

我们有点被吓到了,我们从商店出来一路反反复复讨论"巴黎春天"鞋的插曲,冬梅说老人家火气这样大,应该是过得不幸福,幸福的人相对比较平和吧。这一句话,后来被我作为台词写进了电视剧剧本里。

那个晚上,夜色清朗,星光点点映在铺着梧桐树的马路上,我们仨在上海街头闲逛,还真的进了一家酒吧喝了一杯。晚上躺在气象宾馆的床上,冬梅突然说,我从小到大没有人送过我花哎。

回到合肥，我到花市给她买了据她说是她人生里的第一把玫瑰花。

那个时候，我也不知道怎么搞的，右眼得了麦粒肿，肿得像黄豆那么大，只好开刀。开刀之后我就在她的病房里吊水。我的老大哥姚哥以为发生了什么，就到病房来看我。冬梅见状拉起椅子坐在姚哥边上。姚哥说：“你防我吗？"冬梅盯着他，一字一句：“一个女病人在我病房里吊水，我必须负责她的安全！”

这个肝胆相照的段子，被我们说到了今天。一想到冬梅那一本正经且直逼人心的目光，现在都忍不住又要笑起来。

当然，还有很多这样的故事。冬梅的儿子叫威威，为了他读书的问题，我真是煞费苦心到处托人。我萍水相逢认识了我家边上的"包青天老师"（因为这个老师跟学生排练六一节的节目，老师演包青天，被我在家阳台上看见，我写了散文，老师就找上门来相认），威威恰恰在他班级里，我就拉着孩子拜托"包青天老师"严厉督促威威的学习。2023年10月，威威结婚，我们说起他小时候的那段插曲。威威说，我小时候真是让你们操心了。我说你后来很争气啊，考上了合肥一中又考到美国的大学，学成回国努力工作，现在成家立业，你看看你妈妈，她笑得多开心啊。

1999年我离开合肥后,我把我在合肥的手机号码给了冬梅,同时把家人拜托给了她。2006年,我的公公离开了人世,他人生最后的日子,冬梅陪伴在左右……她跟我说,当年我当值班医生的时候接诊了鲁老,现在我又送别了鲁老,人生就是这样,接收着送别着,那一刻,我跟冬梅泪如泉涌。

此时此刻,我俩坐在外滩边上,看人流如织,看黄浦江波浪起伏,而我们面对面还是青春的样子。我们手拉手一起步入奔驰文化中心,我们的前后左右都是花样年华的少男少女,可我们坐在那里一点点也不怯场。

陈慧琳的歌声响了起来,是那首《谢谢你陪我那么久》。"谢谢你陪我那么久／雕刻你的耐心你的宽容让我不安／每次你微笑着说你知道你都能懂／其实我的心也会很疼／谢谢你陪我那么久／那么多春夏秋冬……"

我们莞尔一笑,歌声照耀昔日时光,"岁月能往回转吗／回到最初的时候……"

谢谢你!我的天才女友。

萍水相逢

有时候，我十分怀念以前的上海出租车，黄色的强生、天蓝色的大众，车子远远开来，停下，司机的笑容自然真诚："侬好！"打开车门，里面干干净净，一尘不染，洁白的座套连褶皱都不曾有，车内淡淡芬芳，玻璃光亮明净。一路上，他透过后视镜观察你，看到你的无聊与寂寥，他会问："要不要听听音乐？"于是，小小的车里回旋着巴赫或者莫扎特，漫漫路途成为经典时刻。下车，他浓浓一句谢谢、再会，真是风轻云淡，尽显岁月静好。

此时，如果你能在一个相对封闭的环境里，遇上一位脾气好的司机，你已经超级幸运；如果车里再干净整洁，气味清新，你更要由衷说谢谢了……所以，当你遇上不顺心的事儿，碰见一言难尽的司机，你就怪自己差点运气吧。

数日前，我上车，车里一股浓郁刺鼻的酒味扑面而来，而且是那种酸馊加沉重的酒气。此时车已开动，我说："师傅，车里味道太大了，是不是有人在车里吐酒了？"司机冷静："没有。"我苦口婆心："是酒味，放我下车后去洗个车吧，味道太大了。"司机不动声色："没有味道。"我忍不住了："真的有味道啊！"他执拗地坚持到底："真的没味道……"这就无话可说了。我下车，再见。

我问朋友们，有没有遇见过"一言难尽"的司机？回答五花八门。有说遇上的司机车开一路叹气一路，等红绿灯时，司机声声叹息让人心神不安。朋友劝慰："你不要老是叹气啊。"司机道："我开车你坐车，我满肚子的气呢！"朋友叫停，连滚带爬下了车。还有一位友人说，他乘的车行进在高架上，司机突然说想要拉肚子，朋友摇下车玻璃窗，一路鼓励他："忍住啊！你给我忍住啊！"车下了高架他让司机直接开到了医院；还有人午夜叫车，黑暗中司机问他生辰八字也许有血光之灾，吓得他魂飞魄散……生活不易，司机是辛苦，大家都理解。但……如今我们念念不忘老强生老大众，多多少少也在怀念那些体贴周到的服务和敬业认真的精神吧。

当然，也有快乐的时光，司机能把乏味路途活成喜剧段子，为萍水相逢的偶遇增添奇妙可爱的插曲，也令平凡生活多了朴素与珍贵的感受。那天堵车堵得我心烦意乱，司机扭头说，你看前面的车牌的数字。我问，干吗？他说你把那些数字加减乘除可以算算24点。我默默地看前面车牌的数字，心里横七竖八掐算，冗长的堵车时间稍纵即逝，弹指一挥车子开动、脑洞大开，我忍不住告诉他，算出来了！他说每次堵车，他都这样安慰客人。我看看他，年纪轻轻，却有如此乐观境界，真不容易。

还有一次，黄昏，我刚要上车，司机的头探过来："你要不要坐前面？一会儿有很漂亮很漂亮的风景可以拍照。"我欣然前边入座。当车行驶到延安高架往虹桥机场方向时，只见天边浮动着一枚金色的蛋，光芒铺洒开来，一刹那，晚霞如歌如画盛开，绚烂熠熠，我忍不住谢谢司机，感动也油然而生，诗与远方，就在眼前。

有趣的事儿还不止一点点。有一次，我在合肥庐州烤鸭店门口打出租车，上车后跟朋友电话："我买了10个咸的鸭油烧饼，10个甜的，分你一半。你吃的时候，要把它们烤透，看见芝麻在上面翻滚，鸭油流出一点点，吃口咸的再吃一口甜的，鸭油跟酥皮裹在一起，芝麻会粘在下巴上。"电话挂好，司机回头问，烧饼里面真有鸭油吗？我说有啊，要不怎么叫鸭油烧饼呢。他又问，很贵吧？我说咸的甜的都是4元一个，咸的是椭圆形，甜的是圆的。他哦了一句，说："我一会儿就去买。"我叮咛："这个要吃热的，在炉子上炕也可以，最好炕到两面都嗞啦嗞啦地熟脆。"下车，我看见他立马掉转车子远去，谁说这不是美好的一天呢。

2024年8月,我去西安参加我学生的婚礼,在机场上了网约车以后,我兴致勃勃问司机,西安的小吃有什么推荐的吗?司机用一口爽脆爽脆的陕西话如数家珍:肉夹馍、梆梆肉、手工米皮、芽豆面筋拌青稞粉、油泼面、油塔儿、老甄糕……后来,知道吗?我们真的按着出租司机的介绍,把这些一点一点吃过来。

虽萍水相逢,却温暖信任。

上海的点点滴滴

那时刚刚调来上海,常常迷路,有朋友贴心,道:"问路找老人家。"

哦,好的。那个时候,我上班的单位在永福路,从地铁常熟路站出来,夏天的时候,从地下走上来猛然迎接艳阳,有点晕。过了马路,一个小巷口,见两个老人坐在那里下棋,棋盘上,两人一推一回,手指灵动且控制力强,我站在那里,轻轻咳嗽了一下。两个人收手,抬头,其中一个说着上海话:"侬有啥事体伐?"

我说我去永福路52号,请问往哪边走?老人呵呵一笑,手臂的幅度比较大,像给合唱团打拍子一样:"侬小拐弯,再小拐弯,就看到永福路了。"

谢谢。刚刚要走,另一戴着眼镜的老人就站了起来,他好像有点急的样子,用普通话跟我说:"你也可以从这里往左走,沿着马路,拐到五原路,再拐到永福路。"

上海话老人手的幅度更大了:"勿灵勿灵,绕了好伐?我讲勒蛮好,小转弯,再小转弯!"

眼镜老人也不气馁，胜在语言优势，继续上普通话："他讲的小转弯你听不懂的对吧？那你就听我的、左边走、到五原路口，有一个丁字路口就看见永福路了。"

上海话老人："不作兴侬格能介讲啊……我跟侬慢慢讲。"他激动起来，居然一下子从怀里掏出了一个迷你计算器，直接在上面点数字："我跟侬讲，你听他的要13分钟，听我的是10分钟！"他先后在计算器上打了13、10……我目瞪口呆，多么可爱有趣认真的老人啊。我噗嗤笑了，这才让两个老人觉得有点较真，眼镜老人语重心长地道："你去做客还是上班？"我老老实实道："上班。"上海老人放心了："乃么好了，两边都走走，多认一条路，多一个选择。"

那一天，我按上海老人的指点，没有10分钟就到了单位，以后，又按眼镜老人的指示，多走了几步。渐渐地，觉得愈发有趣了。上海的小马路上，只要经过几家特别的小店，你的目的地就到了。马路边的书店，花店，面包店里飘出来的奶油味道，香得来，要咽一次口水才有勇气继续走。当然，还有五原路一溜儿外贸小店，有时候下班早了，就顺便进去望望，卖的衣服都是摊在桌子上的，自己随便挑，老板娘不会太热情，也不会不理你，你刚刚抬头要问什么的时候，她的笑正好到，"有看中吗？"

日积月累，那几条马路对我而言，已经熟到出神入化。有时候，我会搭15路车，常熟路站下来，踩着衡山路地上的阳光，一格子一格子的光影，从五原路或者安福路，从复兴西路或者淮海西路，还有一次从湖南路穿过去，都能到达。我也会特别在小巷口停下，站在那两个认认真真下棋的老人身后看一眼，他们显然不希望被打扰，抬头跟我笑："弄清爽了？"我讲："煞煞清爽。"

我很喜欢待在十字路口等红绿灯的时候，看人。那个路口是永远有警察的，腰杆笔挺，警服在身怎么都是好看，绿灯亮堂时，办公室楼宇间的男孩子拎着公文包，女孩子蹬着高跟鞋，是那种细跟的高跟鞋，手里还捧着一杯纸杯的咖啡，大步流星，一往无前。那是我很喜欢的日子，看人温柔如水，看天阳光明媚，看树绿意葱葱，看车行云流水……

某一天，我拐弯进了家外贸小店，吸引我的是门口的蕾丝窗帘，白色的手工作品，一看就是好东西。进门，老板娘淡淡一笑，不搭腔，我点点头，一会儿，我指着蕾丝窗帘问，这个，可以买吗？她笑着摇摇头，说是自己私人收藏。我不甘心，过了几天又去，她还是雷打不动不卖，这一来二往，倒是熟悉了。更觉得这个上海女人十分有腔调。后来，我们成了朋友，再后来，我常常坐在她的店里，蕾丝窗帘已经换成了其他,墙上挂着她自己绣的十字绣画,那些,依旧不卖,仅供观赏……冬日的暖阳下,突然想起老人最早说的话:"多认一条路,多一个选择。"

猫言猫语

当明明还在宠物店待着的时候，它知道随着时间的流逝，要把自己带回家的主人越来越少了。它是只加菲猫，当它6个月大的时候，人们说，这个猫咪太大了，养不亲。

明明是从那时开始打算出逃的，因为它生性要强，也不愿被嫌弃。在失败两次后，明明第三次逃跑成功。它一路狂奔来到街边的餐厅，它想着应该能在这里寻到一个好人家。

可是餐厅里的味道让明明很失望，那混合着锅包肉的酸甜、大拌菜的蒜泥味、韭菜合子的韭菜气，让明明有点迷糊：这究竟是哪儿？正在苦恼时，一股花香袅袅地飘了过来。

它寻着那个味道来到了一个女人的身边，它用尾巴轻轻甩她的脚跟，她是多么年轻的女人啊，就算脚后跟这样的地方，也没有一点点糙皮，而是光洁的、滑溜的、细腻的，蹭起来很舒服的样子。明明蹲了下来。

女人就是小苏。她正在相亲。介绍人阿美是她上海奶奶家的邻居，阿美现在北京工作，她绘声绘色告诉小苏，对方条件不错，有房有车。

一会儿，有脚步过来了，却带来一股药味，那人在明明身边停了下来，俯身，在明明的头上拍一记，他的手很温暖。明明听见他做自我介绍："我是李清，叫我老李好了。"他身后的一个声音随之而响："我是老李的表弟，我叫阿劲。"此时此刻阿美抢话："我叫阿美，我们加微信吧！"

　　明明走到老李的脚边，竖起耳朵。很快，在阿美与阿劲之间涌动着一股年轻的力气，难道那是一见钟情爱的味道？阿美阿劲说话的节奏也加快了，明明站起来溜了一圈，看见阿美与阿劲正手拉手地离开……呵呵。

　　现在，沸腾热闹的餐厅安静了下来。明明挨着小苏的脚边，扬起尾巴拍了她一记，用带刺儿的舌头舔了舔小苏的脚踝。

　　老李对小苏坦言，因为要来相亲，所以提前去做了个体检。小苏："啊？"老李说："无论如何也要给相亲对象一种诚意吧。"小苏："你想说什么？"老李迟疑了一下，道："报告显示我得了癌症，本来我不想过来了，可已经答应了阿美要跟你见面，临时爽约不好，还是决定来了，索性当面说个明白。"小苏说，"现在有谁拿相亲当真啊，你也是傻。"老李说："我就当真。"两个人又愣了愣，老李说："现在好了，我说出来轻松了，对不起！"小苏道："这没什么。我看你人挺好，我们当普通朋友总可以的。"老李说："普通朋友也要想着给对方好的情绪价值，我现在这个状态，很难给人积极的东西。"小苏道："我也很负面，我今天刚刚下的飞机，我来北京是来散心的，阿美说忘记痛苦最好的办法就是相亲，于是，我就答应跟你见面。"老李扯了开去，说："哦，阿美是你奶奶的邻居，她是我公司隔壁的，我们在茶水间认识，也算邻居了。"两个人都笑了。还说起了阿劲阿美，感觉他们是一见钟情。

明明听着，觉得你们真是无聊啊，你一句我一句，慢吞吞的，一点点行动都没有。不像刚刚两个说走就走了。可小苏身上那芬芳的味道真是好闻啊，清清爽爽，像是抹了爽身粉以后滑溜儿出来的香气。

当他们走出餐厅的时候，明明决定跟着小苏了。

小苏回到借的民宿，发现明明跟她进了房间。小苏说："你跟着我干什么啊，我明天一早要回上海的呀。"明明尾巴翘得直直的，喵喵地对着她叫了，还蹭蹭她的脚，然后仰天把肚皮露给她看……明明的言外之意，我都这样子了，你心软一点好不好？果然，小苏拥抱了它："好啦好啦，你今天先在这里住下吧。"

小苏去便利店给明明买了猫罐头猫砂以及背猫用的包包。在小苏去便利店的时候，明明快速地在民宿附近乱窜，特地留下自己的味道。它隐隐约约感觉不安，小苏对自己这样好，也许就是危机了。猫天生敏感，它嗅到了。

第二天，老李来到了民宿，原来是小苏约的他。小苏说，昨夜她又去了他们见面的餐厅，老板说之前没有见过这个猫咪，现在自己要回上海了，要不先把猫咪交给老李；自己留了全套电话给餐厅老板，如果猫咪是谁家丢的，一定会猫归原主。

明明快要哭出声了，自己是跑出来的呀！老李问："你还真的去了餐厅？"小苏道："如果猫咪真是被人抛弃的话，我会收养它。"老李连忙说："你安心回吧，我先收留它。"

明明突然感觉很温暖。现在，它被老李背在透明的猫包里，晃荡着，听见看见无数路人的惊叹："哇哦！好可爱的猫咪哎！""哇噻，卡哇伊啊！"明明觉得他们真是很蠢，没见过世面吗？看见一只猫就大呼小叫，装成全世界都要沦陷了一样，真是虚伪透顶。

明明来到了老李的家。一开始，它还拘谨地待在包包里不肯出来，直到老李走开了，它才试探地迈开步子，踩着猫步，一朵一朵地踩着地毯，那很舒服，方便以后可以亲亲蹭蹭，那厚实的羊毛仿佛会陷进去，特别安全，随时随地可以练练爪力……明明趴在那里，竟然有点感动了，想着自己在宠物店，如果不逃出来，现在不知道是怎么样的命运。

夜深人静的时候，明明听见老李与小苏在打电话，它踩着近乎完美的步子，耳朵竖起，端坐在黑暗处，不动声色，静静观察，悄悄窥视。

老李问："到上海还顺利吧？"小苏："还好啊。我直接就奔到医院来了。"老李："啊？你怎么去医院了？"小苏："我奶奶在住院，住ICU，我昨天看了奶奶后就奔机场飞北京，今天中午赶回上海，晚上到了医院，护士都认识我，就让我进去看看奶奶。"老李沉默了。小苏说："你看，我那么匆匆忙忙还跟你在北京相了个亲，你责怪我吧，我太自私了，我不知道还有什么可以让我安静与消解痛苦。"老李："我也自私啊，明明知道自己得了癌症，还跟相亲对象见面。"

两个人都沉默了。明明往前走了几步，距离老李更近的地方，也就是老李可以看见它，却是伸手抓不到它的地方。

小苏："要不，我们给猫咪取名叫明明吧。"老李："嗯，好的。明明。"

明明舔着自己的毛发，人类给猫界取名字都是因为跟他们的感情有关吗？有没有问问我的态度呢？不过它已经不介意了，因为，它明显感觉到两个人说话的语气变得温柔起来。空气中，自己的毛发漂浮着，在灯光下打转。

老李问："你奶奶是什么病？"小苏回答，老年病，无法控制地老去。父母在她小时候车祸离开了，她跟奶奶过。后来，奶奶身体不好住院、出院、住养老院。再后来，奶奶又住院，身体上的管子越来越多，再后来住进了ICU。每天，在下午3点到3点半的时候，她可以进去，在一片冰冷的仪器后面跟奶奶说说话。慢慢地，奶奶连知觉都没有了……老李久久地说："我也会经历这些的。"

小苏："对不起！"

这个时候，明明走到了老李的身边，用自己的身体靠近了老李。老李抚摸着明明。电话的那头小苏说："别害怕，我刚刚正在经历着。"老李："嗯。"小苏："你害怕的话打我电话好了。"老李："你要是害怕的话，也打我电话吧。"

老李放下电话，拥抱着明明。明明感觉到了他需要它。

虽然老李没有养过猫，笨手笨脚。有的时候还表现得相当傻气，比如，他像对狗一样跟明明说话，总希望明明跟狗一样听话。可是，难道你们没有看过音乐剧《猫》吗？里面最著名的台词是：请不要把我当狗，我是一只猫！

终于，老李要去住院开刀了，他坦白地告诉了小苏。小苏因为奶奶越来越虚弱，完全无法离开上海。老李说自己已经安排好了，表弟阿劲会每天晚上过来照顾明明。

明明一听就要昏倒。老李住院以后，阿劲来了，阿美也跟着来了，他们非常喜欢撸它，这对猫咪来说是奇耻大辱。阿美会拉明明的尾巴，追着明明跑，他们还会背着它出门，在公园里让大家看它。明明被迫接受不同人们的目光，有的赞美，还有的偷偷变态地摸它的屁股。明明用各种行动来表示抗议，比如，拉屎，沉默，摆臭脸……可他们为什么会觉得猫摆的臭脸都是萌萌哒的呢？他们完全不理解猫的孤傲的个性和自我为王的气质啊。

唯一令明明安慰的是，夜深人静，它走到监控边上，对着镜头喵喵地叫着。它知道，小苏也好，老李也好，他们会听见，也会看见。明明开始想念老李，想念小苏；想念老李身上的药味儿以及小苏身上豆乳般清新透亮的味道。

也不知道过了多少天，家里的门突然就打开了，回来的不光是老李，还有小苏……这一次，明明迟缓了，它不敢相信他们真的回来了。据说还是小苏接老李出的医院，听起来手术还很成功。

明明趴在一边紧张地看着他们。只见老李走到小苏的身边，抓起了她的手。小苏说："我奶奶走了，去了天堂。"然后，小苏把头埋在老李的怀里，呜呜呜地哭了。

老李轻轻地说："我让阿劲问了，现在火车可以托运宠物,明明会陪着你。"小苏问:"那你怎么办?"老李说:"手术以后我应该还可以活半年吧,半年之后你打我电话试试。如果我说:对不起我还活着,证明我还在人间。但猫咪它不一样,它至少可以活20年吧。"

明明泪如雨下,它扭头离开了,它一下子爬到屋顶,傲视群雄,苍茫大地,居然还有两个人是关心自己的,想给自己一个家。明明想,我再傲气十足地俯瞰人间,人间总还有我值得的思念。这就是所谓的人间值得吧!于是,明明回到了家里,它蹲在自己的包包边上,它准备好了,随时可以跟小苏出发,任何地方,它都愿意跟随她。

小苏与老李分别在火车站。明明在包包里看见了这个分别的场面,他们拥抱了一下,身体里散发了一点点的热情,不是很浓烈的那种,是淡淡的,像雨一样忧伤的情愫。

火车里,明明被装入一个白色的宠物箱,明明比任何猫咪都要乖巧懂事,一路没有猫言猫语。到达上海的时候,它从宠物箱的格子窗口里看见了一束光,那个有着淡雅香气的女人紧张地急切地奔了过来。明明拼命地往前钻着,它使劲地拼命地吸着叫着,粉色鼻子上变得晶莹而潮湿,突然门开了,明明看见了小苏,明明本想大声地叫起来,可是忍不住泪水还是呜咽了嗓子,变成了绵绵地低喃:喵呜……

半年以后的一天，天气晴朗，阳光摇晃纱帘，在地板上跳起了旋律。小苏上海的家里，有人在那里敲门。明明嗖地一下子蹿到了门口，是明明首先闻到了那个气息，那有点药味、还有点老男人袜子的味道就在门口。明明奋力挠门，并且擅作主张按下了门的把手，门打开了，阳光直射进来，铺了一地。

门口，站着那个男人，对着手忙脚乱奔出来的女人，他说："是我啊……"

他们久久望着，然后，听见老李对小苏说："对不起，我还活着。"

现在，明明站在窗前，它傲慢地清高地昂着它高贵的头，玻璃珠般的眼睛看着外面郁郁葱葱的春天，想到自己的猫命还算幸运，颠沛流离一路过来，难道不是为了看见，人间还有如此的美好与希望吗？

是，猫生幸福，人间值得。

第三季 老地方

嗨，邻居

我小时候住的地方，一个门牌号里进去，上下两层，却七七八八有六七家人家，南腔北调，十分热闹。我住的楼上有我们家，还有一家山东人，我们叫她毛师母，楼下的秦师母家跟我们关系很好，我父母出差，会把我"搭"在她家。

我母亲是宁波镇海人，虽然一直当老师，普通话已经相当不错，可方言是命里带来的语言，她一直叫膨化玉米食品"六谷胖"；日常生活里蹦出来的"精光的滑""一钉一眼"等，短小精悍，至今令我十分难忘。

隔壁的毛师母家是山东人，天天做面食，还常常做锅贴，只要她围裙一系站在厨房里，我们几个孩子就激动起来，神出鬼没，虎视眈眈。厨房门前，我二哥装作很操心的样子，好像是突然想起有什么东西忘记在厨房里了，急急忙忙进进出出，还不忘跟毛师母招呼一个，示意自己很忙碌。他从厨房一出来，我，还有一楼妹妹就跟他围成小三角，二哥眉头一皱，神态严肃："她包的是大葱肉馅！"我们倒吸一口气，这真是太让人振奋了。一楼妹妹仰起鼻子嗅起来，补充，还有韭菜味！此时此刻，楼下传来父亲的脚步声，我们踮起脚在楼梯上站成一排，看着父亲踩着嗒嗒嗒的步子上来，我们心怀鬼胎还装作嘻嘻嘻的样子。我父亲每次看见我们这样，就莫名其妙地往我二哥头上敲"毛栗子"，二哥继续嬉皮笑脸。父亲上了楼，进屋，关门，我们的一口气才算真真切切地落了地。大家对望彼此。最后他们的目光集中到我的身上……

我蹑手蹑脚走进厨房，黄昏的光芒好看地洒在毛师母的双肩上，阳光随着肩膀的耸动而跳跃起来。她把包得鼓鼓囊囊的大饺子沿锅子一一贴好，不像我们今天用的平底锅将饺子摆放整齐划一，而是沿着锅子贴着放了一圈。我微微探出脑袋，看毛师母掀锅盖，加水，听锅里发出嗞啦嗞啦的声响。毛师母回头，我连忙装作若无其事，然后看见她压好锅盖，走开，走前还咳嗽一下。她的人影刚刚消失，二哥他们猫着身体就闪进厨房了。一楼妹妹忙不迭地掀锅盖，二哥心急火燎左右开弓一手抓一只大饺子，饺子在手里烫得他直跺脚。我们飞速奔下楼去，冲出墙门，跑到对面的涌金公园。在面对淡雅冷寂西湖的草地上，二哥将两只锅贴在手里翻来滚去，我们眼巴巴地瞅着，然后，各自咬了一口，再然后，我们就面面相觑了……记忆里除了那半生不熟的肉馅，还有就是很有嚼头的面皮，以及干了"坏事"的心虚兴奋与惴惴不安。此时此刻，黄昏的西湖有了浓抹的色调，湖里涌动的波浪泛起的金边像女孩子的裙摆褶皱，而渐渐暗下来的天光也令我们几个在夜色到来前有着惶惶不可终日的担忧。二哥让我跟在他的身后，因为他担心毛师母万一告状的话，父亲的棍棒伺候是少不了的程序。一回到家，父亲一见我们嘴边的酱油渍，举过肩膀的手终究被母亲一把抓住了，母亲快速用宁波话说，毛师母送来锅贴了！快去吃！

夜晚降临了，窗外传来冬天才有的南方特有的飕飕小风，头上的电灯泡一圈温柔的光芒照下来，我们一家人围坐一起吃着锅贴。锅贴底子上那层松脆与焦香，那粘在唇边的一点点屑碎，我们用手背擦去，手上的余香也足以让人回味良久。多年以后，我想起杭州老房子里的邻居，就是夹杂着这样美好的味道。这是我的邻居，他们知道你所有的秘密，却能包容与微笑待你。那些个细水长流的生活篇章，因为左邻右舍的温厚，而让一个孩子对亲爱的邻居保有长久的温暖，特别是走过很多苍茫岁月之后，那些厚道与善良、更显珍贵。

那个时候，母亲在杭州饮马井巷小学当老师，早出晚归。傍晚的时候，我常常会站在马路边等她。一楼邻居一见此景便大着嗓门叫道"来来来屋里厢坐坐，冷煞"；后院的秦师母给我一只滚烫的山芋，语重心长"嘎冷的天当心发寒热"；毛师母的女儿就陪我一起等，路灯把我们的影子拖得很长很长。她跟我说着什么，两个人就咯咯咯地笑，印着妈妈的脚步一格一格成为记忆里的窗户……

　　长大成人，结婚生娃以后，生活变得具体了，琐碎了，可邻居的感动依旧细雨润无声地成为生活的一部分。20世纪90年代，我已经开始写作，某一天，听着楼上踢里趿拉的脚步声响，忍不住上楼去敲五楼邻居的门。门开了，邻居老周一脸憨憨地看着我，怎么了？我欲言又止，支支吾吾起来：我家先生说，想给你们买双棉拖鞋……老周一下子明白了，说，你们放心！从此以后，楼上再也没有响过踢里趿拉的脚步声。某一天，我们两家人一起喝酒，老周夫人揭开了谜底：你以为我们穿了棉拖鞋才没有声响？不是，我们从此以后就在家赤脚走路了。邻居间得互相体谅。我一时无语，敬他们一杯，我矫情了，真是辛苦你们了！

　　至于邻居之间讨一把葱，借几个蛋，要一杯醋或者酒，实在都是平常小事。绵长岁月里，邻居是你没有血缘的亲人，也是你最最贴心的朋友。时代变迁，人情辗转，可邻居间的相濡以沫却是美好的歌谣，经久不息。

　　如今的邻里关系有了新的元素。现在几乎所有小区都有了邻居微信群，有在里面吵架的，有为了谁占了谁的车位而开战的，有楼下邻居的钢琴声让人夜不能寐被反复投诉的，还有的因为频繁卖货被踢出邻居群的……热热闹闹永远有新的邻居故事上演。当然也有让你心头一暖的事儿发生。有一年，邻居有个妹妹想去某山区参加扶贫帮困活动，她在邻居群里这么一说，立刻有人组团报名，且很快成行安排；夜深人静的时候，一位邻居的孩子生病了，她在群里发了语音，言辞急切心乱如麻，立刻有人站出来说："我是医生请加我微信！"后来邻居的孩子得到了及时的医治很快痊愈。

这些年，邻居的小孩子们很喜欢来我家撸猫。有一天，邻居小婷跟我说，她家的女儿还不会包粽子，我立刻回复：让孩子们上我家来，我们跟孩子一起包粽子。

那一天，邻居小婷的女儿、妞妞的女儿、小罗的女儿 3 个女孩子一起来我家里，她们都是 9 岁左右。我早早买好了糯米，还提前一天将粽叶浸泡起来，邻居小罗准备了纯棉包粽绳，孩子们都是第一次包粽子，大家一致决定包白米粽子。我们围站在圆桌边，我凭着小时候母亲教的那一点点技艺，跟她们一起讨论，加上一边还有小罗帮忙。孩子们一开始手忙脚乱，粽叶根本裹不住糯米，米粒"炸"开来，刷啦啦地往地下掉，撒了一地的米粒。可慢慢地，粽叶在她们的手里"听话"起来，她们也渐入佳境，直至独立包好一只像模像样的小粽子，整个过程欢乐有趣且充满喜悦。当小小粽子被她们带回家时，家长们都忍不住拍照留念，在微信里对我表达了感谢。她们真诚地说："孩子第一次在邻居阿姨家包了粽子，这会成为她们的美好体验。"

"邻居阿姨"……我莞尔一笑，我已经闻到小小粽子的青翠气息，带着少许的甜糯与草香，更久远一些，是那些嗞嗞啦啦作响的锅贴的声音，还有楼上无声的脚步……漫长季节的感动，是无处不在的邻居的微笑，像春天一样，停留在你的肩膀上。

做香肠

在我读小学的那个年代，我们小学生每个学期都要开展一项活动，那就是学工学农和学军活动。

学农我们就到杭州满觉陇四眼井的南山农场去采茶，至今我的小学同学回忆起来，仿佛一切就在昨天。袁莉同学说："我们在四眼井采茶叶，中午大家拿自己的饭盒蒸饭，我记得有一次，几个同学采了茶农种的蚕豆，放进了自己的饭盒里，然后一起蒸就被老师发现了，受到了严厉的批评。"学军我们就到"硬骨头六连"听报告……而我记忆最深的则是学工了，我们在本校杭州市南山路第二小学里做香肠！

是的，做香肠。那个时候，我们大概是四五年级。据我的老师李德麟先生回忆，校办工厂最早是1971年9月开办的，叫"南山二小五七工厂"，劳动内容为加工香肠。李老师找到一些资料，告诉我学校到1976年5月底为止共生产香肠16万斤。掐指一算，我们是四五年级开始学工的，那么这16万斤的香肠产量，也有我们的贡献吧？

我和同学们都非常喜欢学工。不仅因为做香肠这件事，还因为做香肠让我们提前尝到了当工人的滋味，提前进入角色转换。那个时候，我们充满了自豪、兴奋、喜悦与好奇，因为所有的角色都是真的，跟我们在电影里看见的一模一样。我们是那么渴望成为"工人叔叔"，那么急切地想去了解世界。

那是冬天，凌晨4时许就得起床了。我们在清冽且冰冷的早晨跑到校办工厂，先洗手，穿橡胶质地的围裙，戴蓝色护袖，然后，像一个工人一样地上班了，这本身就有一种游戏的感觉。我们真的还很小，小到那个时候，还不懂什么叫人生。

校办工厂位于学校教学楼西北角。班里的男生要负责运送猪肉，他们到望江门外秋涛路上的肉厂去拉肉，用三轮车把肉拉到学校；男生还负责清洗猪肉，然后大家一起来切肉。我们把大块的猪肉，切成一粒粒肉丁。李老师说："刀和砧板都是学生自己家里拿来的。"这一点我记忆相当模糊，因为我不敢确认同学里有自己带着刀去学校的。李老师坚持："我们的孩子，拿刀切肉真的很有难度，开始时，拿着一块肉真的不知道该从哪里下手，切成的肉什么形状都有。起初有新鲜感支撑着，觉得有趣，还好玩，切着切着，手沉重了，手臂酸了，觉得刀钝了。记得有位同学家里拿来的刀比较快，大家都抢着用这把刀，同学们都非常认真，还拿起肉丁，比一下尺寸，争取切得小一点。工厂里，菜刀砧板发出热闹欢快的声音。"

老师的视角跟我的记忆有了偏差,可我完全相信李老师说的,那个年代的气质就是如此。可以想象有那么一两个同学自己带着家里的刀来到校办工厂,那么,菜刀是被捂紧在怀里还是放在书包里?一切都有了画面感。

当然,今天的孩子们是不可能有我们这样的经历了。

继续说做香肠。我们在校办工厂里做香肠,场地也不是很大,屋里有三张大桌子,排成 U 字形,我们就站在那张大桌子上切肉。

我记得当时我们将肉切成一块一块一分硬币般的大小,也有切成一长条一长条的,切好后的肉丁放入一个大铁盆子里,然后一个专门负责收切好的肉的同学将大铁盆交给拌料的同学。拌料的同学在准备调料。李老师写出了香肠的精准调料配比:"100kg 猪肉,60 度大曲酒 2.5—3kg,硝酸钠 50g,0.2% 味精,精盐 2kg,白砂糖 8—14kg,用秤称出各自分量的调味品,放在一起待用。"

然后,需要很有力气的同学在那里用力将这些调料与肉搅拌均匀,这个工作是比较让人羡慕的,因为几乎其他工作都是集体性的,唯有拌料是一项个体性极强的劳动,很自由,还可以四处走动。他们会露出很操心的表情,神色忙碌,不苟言笑。拌料要用到秤,将糖、味精、酒、盐、硝酸钠等各式佐料的比例调好，不得有误。此时此刻，其他同学正在埋头切肉，拌料的同学却像在实验室工作一样，的确令人肃然起敬。当时，也只有班干部和老师特别喜欢的学生才有资格去拌料。

说起切肉，我们班上真的发生了切到手指的"血淋淋"的意外，当然，手指肯定是没有切下来，就是切破了点皮。我们抬头一看，两边的墙上写着大字："苦不苦想想长征二万五，累不累想想革命老前辈。"同学们个个斗志昂扬，"轻伤不下火线"。

同学胡秋月今天依旧感叹："我记得那时候天冷得呀，鼻涕虫都流出来，手一擦又接着切，真的要晕倒，想想这个香肠都不知道是卖给谁吃的……"

话说，肉丁切好了，就要由力气大的同学将大盆里腌制好的肉送到灌肠处。灌肠处有一架机器，它的形状有点儿像如今家庭用的绞肉机，同学 A 将已浸泡多时的肠衣套在机器上，同学 B 站在一条板凳上将肉放在大漏斗里，同学 C 就 360 度地转动把杆。可是，成功哪儿如此容易呢？出现故障是常有的事情。同学刘志军说："因为我们学生切的肉大小不一，还有肉的筋也未必清干净，于是筋就在灌肠时把摇肉机给堵上了，出不了香肠。每次都会堵 1 到 2 回，那只能先停下来，把摇肉机给拆下来清洗干净，再继续干。"千辛万苦之后，肉就灌入肠中，缓缓伸出的一条一条的肉肠，十分新鲜饱满且鼓鼓囊囊，欢欢腾腾，看着令人兴奋。且慢！最后的工序来了，要有一个同学拿起一只肥皂盒大小的排气针往肠子上猛扣，以便通气，然后按香肠每半尺的距离在灌好的肠上扎绳，随后挂在一个带轱辘的铁架上，送入烤房。这里的打排针、扎绳等工序是我特别向往的工作，我有幸做过一次。那个时候，我面前的香肠已经像根香肠了，因而意义重大，责任在肩。当我将排针高高举起，对着香肠重重扎下时的仪式感和戏剧感至今铭记心中，看着鼓鼓的肉肠在我的手下被扎上一个个小眼，它们发出"啵啵"声，"嗞嗞"爆开一点点小眼，亮晶晶的汁水闪着莹光，我那种淋漓的畅快好像坐过山车垂直往下的一泻千里；黑夜里行走踩到深秋梧桐树叶的"酷呲酷呲"；冲向大海时浪花从头到脚的迎面倾泻……时光是个魔方，记忆里的点点斑斑，成为今天我们回忆里的温暖闪烁。

至此，灌装后的香肠被挂在竹竿上，送进烘房，经过烘干后，美味的香肠就制作完成了。

结束劳动往往是在上午 11 时许，下午不劳动、休息，但要写学工日记。不过我们做完香肠后学校会发点心给我们。刘志军同学回忆起我们的点心："有时是 5 分一个的小麻饼，有时是香蕉酥，我最喜欢 6 分钱一小筒的小桃酥。"劳动结束后，班里就评比学工积极分子，评上积极分子的发给奖状一张，奖状上这样写："××班××同学在学工劳动中被评为积极分子，特此表扬。"

记忆中的冬天就是这个样子的。干完了活，我跟同学们跑到校办工厂的烘烤车间，去看真正成品的香肠。那些香肠挂满了房间，一条一条，枣红色的，闪着油亮亮的光泽……那时很奇怪，学校从来没有发给我们一根香肠，我们也不知道这些香肠最终的去处。当时吃肉要凭肉票，香肠的价格比较高，一般我们家都是舍不得买的，所以至今遗憾没有尝过我们自己做的香肠的味道。

2024年12月，我来到杭州南山路，走过我曾经的小学学校，那里早已拆迁，对面就是西湖新天地。时光碎了一地，回头看看那个地方，恍恍惚惚看见，我们一群小孩子，冲向学校，直奔校办工厂而去，也许里面还有个孩子，怀里揣着家里的一把锃锃亮的菜刀吧。

穿过记忆的生煎与馄饨

2024 年 9 月的上海，依旧滚滚热浪。南方的炎热，带着无边无际的潮湿，从你的皮肤爬进身体，此时，正是傍晚，大地吸收了一天的炙烤，不紧不慢地往外倾吐热情，知了还在声声地叫着夏天，挥之不去的热流似乎要烤化一年四季。

抬眼一望，在朱家角镇的一家"小杨生煎"，只见灯光大亮，客人很多，这给人安心的感觉。推门进去，扑面而来的凉气将你无处安放的燥热妥帖梳理，服务员微笑："需要什么吗？"

我定定心心坐下，要了一碗小馄饨，一杯冰镇绿豆汤，再要一两四只的小杨生煎。这会儿心里很踏实，还有点期待，透过透明厨房，看见厨师忙忙碌碌、一锅生煎正要开锅。厨师锅盖一揭，热气腾腾，好戏开场！刚刚出炉的生煎们圆滚滚胖墩墩地拥挤在锅中，锅底嗞啦嗞啦的声响诉说着山水有相逢的缘份。于是，四只滚滚烫的生煎被装入盘里摆在我面前，倒好醋，将粗大的吸管扎入装有绿豆汤的塑料杯里，馄饨碗再摆摆正，一切就绪，摩拳擦掌。生煎第一口，绵软的面皮微微张开，丰盈饱满的肉汁呼之欲出，墙上的海报写道"是汤不是油",贴心提醒此时此刻的肉汁是经过四小时熬制的皮冻所成,与肉馅合二为一互相成就。当然,生煎的精华在褶子朝下的底板,金黄金黄,你小心翼翼咬一下,咔嚓,脆生生,灵魂顿时出窍。这个时候,应景周杰伦歌的词:"看遍所有会笑的星空。"

这是万千宠爱的老味道。此时此刻,不是在吃生煎吃馄饨喝绿豆汤,而是寻着记忆的通道走向你熟悉而遥远的小时候。我的家乡在杭州,南方人对生煎、馄饨、绿豆汤的热爱自然天成,与生俱来。夏日很清爽的早晨,我跟着妈妈去劳动路菜市场,摊头有好婆坐在那里,我们都叫她好婆。只见她的面前放着馄饨皮,皮子光滑体面,还有一碗肉馅,清清爽爽,上面小葱点点。好婆的手灵巧且利落,左手摊开馄饨皮,右手用竹签刮点点肉馅,馄饨皮上那么一刷,然后一捏,娇小的馄饨生机勃勃林立在盆子里。妈妈站在好婆身边,不多买,买10只,好婆通常会多放一只……当我写电视剧《错爱一生》的时候,剧里的外婆,我就写大家叫她"好婆",就是源自记忆里的这部分。当年郑振瑶老师在剧中扮演的好婆,真是让人过目难忘。2023年5月的一天,我接到《错爱一声》导演梁山的微信,告诉我郑振瑶老师去世的消息,导演说:"优雅,大人家出来的外婆,无出其右。"

有时候，有时候……"相聚离开都有时候"，不免遗憾以及想念。

我家有四个兄弟姐妹。妈妈护我，每次家里要下馄饨，她都会悄悄跟我说："我先给你下，你要快点吃。等哥哥姐姐回来你就吃不到了。"我拼命点头，顿时饥肠咕噜狂咽口水。妈妈的厨房小而挤，我喜欢挤在那里看妈妈操劳且快乐的样子，记忆里妈妈做饭做菜从来都是快乐的，这使我一直相信美好的对面是美好。

那个时候，绿豆汤已经煮上，煮到一定辰光，绿豆的沫沫粘在锅边，一圈一圈的，十分有趣，也令人翘首以待。妈妈下馄饨的时候，没有现在那么讲究，水滚开，往锅里丢馄饨，馄饨与水交相辉映，不一会儿，馄饨们漂浮上来，再倒一碗水，稍后沸腾，捞起，淋点麻油。妈妈赶开我："走开走开，烫死烫死。"一路飘着那点麻油的香气与热汤的锅气。当我目不转睛盯着那碗馄饨时，哥哥姐姐们已经猫了过来。很快，一哄而上，一抢而光！

绿豆汤一般会让它们自然阴凉，我跟妈妈去我家后面小巷的井里打水。小时候的我们，觉得那井真是万丈深渊，大人们怕我们掉下去，说了很多可怕的传说、故事，井底深渊的种种恐怖传说至今挥之不去。可是越害怕越靠近，越恐怖越好奇，当我渐渐长大以后，常常跟同学们坐在井边玩耍……这当然是后来的故事了。

且说我跟着妈妈来到井边，只见妈妈将一个水桶丢下去，听见下面晃荡晃荡的声响，片刻，妈妈两手将水桶摇摇晃晃提上来，那样子，真有种世界在我手里的豪迈感。井水冰冰凉，妈妈将井水倒入一个大盆，再将盛绿豆汤的锅子放入井水里冰着，那一天都充满了愉快与期待。我们时不时要过去看看，生怕绿豆汤变着戏法消失了。黄昏的时候，我等在门口，远远看见爸爸下班，我上前跟他讲："绿豆汤冰着呢！"爸爸"哦"一声，算是回应。我跟在他后面继续："绿豆汤冰在井水里。"爸爸看看我说"知道了"。我再走到爸爸的跟前："我们有冰绿豆汤吃。"爸爸怒喝："就知道吃！没出息！"

2024年8月的一天，我给我大哥在杭州过70岁生日，谈起从前往事，说起那遥远的冰绿豆汤和馄饨，真是几多感叹十分感怀。那天晚上，我跟哥哥散步，在一个摊头上看到有生煎和馄饨，我们顿时来了热情。坐下，在夏日的夜空下享用路边摊的烟火场景。灯光点点，人影绰绰。不一会儿，老板娘端上馄饨，现在的馄饨，汤的表面浮着油光，那是一汪猪油的贡献。勺子一舀，汤里五花八门，有鸡蛋丝、榨菜粒、小虾皮，还有一点点紫菜，一口汤下去，千滋百味之感，馄饨个头比从前大,馅儿却比从前少。哥哥说起他当年工作以后拿的第一个月工资,就买了生煎到家里请我们吃。他说买回家来的生煎已经冷掉,还有点瘪,粗糙地挤在饭盒里……

穿过记忆的生煎与馄饨,在小街小巷里相遇又分开。这些年我南来北往写作,在外出差心里最踏实安宁的,就是在结束一天工作的黄昏,不经意地漫步走进街边的小店,在一个靠窗的位置坐下,从容点一碗馄饨,一两生煎,然后静静等待。窗外星星点灯,屋里人声鼎沸,不远处,开锅了,热气腾腾的生煎与馄饨争相辉映,没有比此时此刻更让人安心与踏实的了。

妈妈的汤圆

我妈妈是宁波人，包汤圆对她来说真是小菜一碟。通常是在前几天，她买来白花花的猪板油，开始用小火熬煮。那个时候，家家户户还生煤炉，妈妈在后阳台上生着炉子，烟雾飘进屋里，很快，夹着猪油香的味道四处弥漫，无处不在，邻居敲门，人在外头脖子已经伸进来："熬猪油啊？讨一点点油渣吃。"

那个猪油渣真有深入骨髓的浓香，往往是妈妈刚刚捞起了油渣放入钢精碗盏，我们已经抓过一把送进嘴里狼吞虎咽了；还生怕妈妈责怪，兄弟姐妹几个撒开腿往对面的涌金公园里跑，嘴里鼓鼓囊囊，下巴底下都是油。许久，我们几个坐在涌金公园的亭子里，对着西湖久久发呆，那时那刻真是千言万语无法表达，无以言喻。

我大部分时间会站在妈妈身边看她包汤圆。糯米粉是我在宁波镇海的舅舅亲手磨好的，有的时候他自己背到杭州来，也有的时候他托人带过来。每次妈妈接过舅舅的糯米粉，都会回赠几包粽子糖，或者几包花生饼；也有时候，被我看见妈妈偷偷塞钱给舅舅。我想，妈妈跟舅舅的感情也是伴随着这些点心和糯米粉而历久弥新的。我一直认为亲情也需要维护,除了天生的血缘,更有平常日子里的真心付出。

　　舅舅的糯米粉被包在一个布袋子里,妈妈郑重其事地打开,盛出一些,多余的会存起来,也会送给隔壁邻居。糯米粉加水后揉搓,只需小小一会,它们在妈妈的手里就变成一团细腻温润的糯米粉团了。妈妈做事尽心尽责,绝不敷衍,所以,她会提前买来芝麻自己炒熟捣碎,再加入一些早已熬制好的猪油。那个时候的猪油,已经泛着油光,有着白玉般的成色,妈妈用调羹挖几朵,加入芝麻粉和绵白糖一起搅和,反复拍打揉捏,直至变成一块大的芝麻团。妈妈会把它们放入饭盒里,然后,将糯米粉团切成一小朵一小朵,捏开,用勺子挖一点芝麻块揉成像桂圆核般大小的颗粒,再放入糯米粉团中央,将边收起,两手一上一下搓啊搓啊,一颗丰满、玲珑的汤圆就此诞生……且慢,妈妈在竹篦子上铺好浸过水的纱布,然后将汤圆一粒一粒摆放开来。一眼望去,一枚一枚纯洁丰盈、翘首以待的汤圆,以无比美好的心情等着与我们拥抱,看着看着,真有种心安理得的从容和小富即贵的踏实。所谓美好,就是爱还没有表白前的那一刻妙不可言,是那刻伸长脖子等着煮汤圆并看着汤圆的漂浮,以及汤圆被盛入碗中调羹与圆子的第一次亲密接触的微妙碰撞……

吃汤圆的时候，我们兄弟姐妹就大头小头围在桌边，此时此刻的汤圆，有着晶莹剔透的质感，咬一口，油亮的芝麻滚出来，用嘴去吸，烫得你大呼小叫，嗞溜一下，芝麻如泉滚进舌尖，香浓甜蜜满嘴芬芳，吃得我们心花怒放咧嘴大笑，而此时此刻的妈妈，仍在一边继续忙碌。一向严肃的爸爸则埋头苦干，他是一直要把汤圆的汤都喝到海枯石烂为止的人。喝干净了，他会顿一顿，抬头，愣一下，我们几个顿时安静下来，鸦雀无声，少许，爸爸发出了一声由衷的、敞亮的、满足的"哎"……那一声感叹真的回肠荡气心满意足啊，我们似乎一直在等着这一声的哎，然后，看见爸爸跟妈妈会心一笑。

很多年过去，我的眼前一直浮现这样的画面，兄弟姐妹围在一起，爸爸妈妈就在我们的身边，无比安心。那一幕，是中国式家庭的小小画卷，美妙的味道越过万水千山抵达至今，妈妈的汤圆是我可以装下整个童年的记忆星空。

桂花的一生要经历什么

那天中午,开车前往杭州满觉陇。在白云路一带开了导航,此时此刻导航屏幕上已经一片红彤彤,语音提示说3公里路大约需要45分钟,我当时就放弃了。第二天的《钱江晚报》头版,登出了昨日全城出动赏桂的最新数据:"2024年10月13日,杭州满觉陇涌入6万客流,又创新高。"

这样的倾城之恋也太过汹涌热烈。可情比花浓,心与志坚,第二天一早,我还是义无反顾地卷入滚滚赏桂大潮,对着满天满地"自是花中第一流"的桂花,狠狠闻,用力爱。

位于杭州西湖之西南的满觉陇,得天独厚,相传在明朝以前即盛产桂花,沿途满觉陇山道边,植有千株桂花,树龄长的超过两百年。当你身临其境,漫山遍野桂花怒放,花香时而突然扑面,浓烈醇厚;时而悠悠侵入,雅致清朗;当然,人声鼎沸也是当下的另一景观了。沿着满觉陇,两边集市热热闹闹,卖桂花糕、桂花红茶、桂花龙井、桂花酒、桂花饰品、桂花栗子羹、干桂花等。中气很足的中年人举着话筒用杭普叫卖:"看看啦看看啦,冒新鲜的桂花嘞!"小院子里,老人家在一个大盆里将蜂蜜与桂花搅和,再倒入小玻璃瓶里,50元一罐,见我犹豫不决,他伸过手来:"闻闻看,香煞脱嘞。"而笑容可掬的年轻人则站在咖啡台后面说:"这是桂花咖啡、季节限定。"见我好奇观望,她补一句:"过了这个村就没这个店啦。"哈哈哈!据说现在满觉陇村的村民们,几乎家家都挂着喝茶的招牌,让纷至沓来的匆匆过客,驻足停留,染一身桂花香,跟秋天来一场轰轰烈烈的约会。

我入座一家小院。阿姨头发花白、面容和善,上前指着她的家:"你看到没?老头子得过奖的!"墙上挂着"2007年西湖龙井炒茶技艺大赛第一名"。我笑说:"那是2007年的。"阿姨道:"老是老了点,可技术还是老的好吧?"只见颁奖的是杭州西湖风景名胜区管委会。旁边还有一个奖状,是西湖龙井茶手工技师证书,上面的红字分外耀眼:高级炒茶技师,还有证号,很权威的样子。我要一杯龙井茶,阿姨拿来玻璃杯,从饼干盒里倒出茶叶,开水泡好,端上,再往你脚下放一个热水瓶,30块一杯。吹开浮在杯上的茶叶,我慢慢地喝,清清爽爽、回香潺潺。桂花弥漫、浓香致远,这应该是桂花的全盛时代吧!"叶密千层绿,花开万点黄",桂花正慷慨地、毫无保留地铺天盖地倾吐芬芳。阿姨说,等过几天有雾有水的早上,她就用竹竿打桂花,拿出老底子的蚊帐来盛,再挑出杂质,晾干，或做桂花糖，或跟红茶绿茶做成桂花茶，当然也可以酿酒，不过新鲜桂花酿酒就更好了，那可真是扑扑香。

虽然我出生在杭州，学生时代在附近的四眼井参加过学农劳动，可像如此兴师动众地涌往满觉陇的经历几乎没有过。此时此刻，突然想起朋友叶静常常说起这里有一个叫老虎的人。叶静说因为他，朋友们常常过来。于是，问叶静要了老虎的电话，他说我们刚刚打好桂花，你过来吧。

我按着地址往下满觉陇路走，老远看见被郁郁葱葱绿植包围着的沿街屋子，那就是老虎的店。还没进门，看见几个北方女子正在整理刚刚打下的桂花，原来，她们也是特地赶来到老虎这里坐坐的。她们将新鲜桂花装在竹箧子里。桂花嫩黄闪光灵动，凑近了深吸一口，像海一般的透明里，你看见波浪宽广与星空无限。此时此刻，老虎温和地说：等晾干了以后就做桂花茶。

老虎的屋子不大，花瓶里插着桂花枝，造型随意却十分文艺，桂花零零星星落下，淡雅的馥郁时有时无。墙上挂着老虎的摄影作品，门口还有像"征婚启事"一样的自我介绍，"身份：茶农；爱好：唱歌，摄影；地点：杭州满觉陇"。突然觉得眼前的这个人很有趣，他跟这里的很多村民都一样，有着自家的茶田，自己的桂花树，也有不急不躁的心情与人生哲学。不过，现在周围很多网红点还都是外地人租来做生意了。现在最热闹的地方，也是生意最多的地方了吧？

屋里横七竖八好多椅子，泡一杯桂花红茶，阳光一点点进来，看街上，挂着照相机的大叔，披着彩色围巾的阿姨，衣服都是洞的小伙子，还有仙乐飘飘的女孩子……人潮汹涌时分，想起看过的一个介绍，说的是桂花的一生要经历的时期："萌发期、圆珠期、顶壳期、铃梗期、香眼期、初花期、盛花初期、盛花期、盛花末期、花谢期等 10 个阶段。"其中香眼期与初花期香气最盛，一般只有 2—3 天。

我问老虎，"你说，桂花的一生要经历什么？"他答："没什么，就是一棵树。"

小辰光

那年那月那一天。

夏日,我们几个小姐妹蹲在杭州韶华巷的一口井边,井在墙门里面,井边滥滥湿,有阿姨过来打水,看见我们坐在那里,问:"功课有没有做好?"我们连忙点头。于是看阿姨甩着手臂舞动吊桶,吊桶"咚"的一记扑入井里。她俯身井边,手膀蓬擦擦几下,吊桶拎上来,井水满满当当。阿姨看看我们,"噗"地将吊桶里的水朝我们脚上泼,我们跳起脚"冰煞嘞冰煞嘞",木佬佬发屧(方言,非常有趣)。

晚快边儿,我在南山路至劳动路的路口等妈妈,妈妈当时在饮马井巷小学当老师,要到黄昏时刻才下班。那些日子,车少人少,南山路上的梧桐树洋洋洒洒,举头一望,绿荫满天满地。此刻,一记温柔的声音落进耳里,妈妈叫我,递过来一根赤豆棒冰,4分钱,棒冰的头上是结结实实的红豆,豆子鼓了出来,必须先舔掉一眼眼的冰霜,"咔嚓"一口,含到嘴里,唇齿之间滚动的冰棒,有嚼劲,"咯吱咯吱"嘴里响上半天。

那个时候,我们所在的南山二小,每年都要学工学农学军。学军我们就去"硬骨头六连"学习；学农我们到四眼井的茶场采茶叶，回到学校我们就排练节目《采茶舞曲》，歌中唱到采茶"好比那两只公鸡争米上又下"。班主任章老师让我们回家去观察公鸡争米，小姐妹袁莉、高云就到我家来练习舞蹈，顺便到隔壁邻居秦师母家去看公鸡争米。

学工么，话语就多了。我们在校办工厂做香肠，我分别做过切肉、拌料、灌肠的工作；至今走过路过副食品商店的摊位，我都会无比自豪炫耀一记：我小时候做过的。当然，我们还有很多的机会去参加社会劳动。我小学的班主任章老师说："那时候你们还会去湖滨附近的旅馆，参加社会劳动。"旅馆么，就是现在位于湖滨的知味观附近。通常同学们来到旅馆后，就跟在服务员阿姨后面。服务员阿姨教我们如何收拾房间，如何检查有没有客人遗漏的物品。一歇歇工夫，我们就在床底下与枕头底下找到了硬币，缴公；等回到学校后，大家就写作文，写得好的被章老师叫起来读给全班听，尽该光荣嘞。

那个时候，我们学校还会让我们去笕桥机场参加欢迎欢送外宾的光荣任务。我就参加过欢迎铁托的机场迎宾仪式。我们穿着白衬衣，绿色背带裙，头发上扎着粉色皱纹纸做的发箍，举着花儿唱唱跳跳"欢迎欢迎热烈欢迎"。等从机场回来，我们几个女生就会奖励自己，去位于延安路上的"海丰西餐厅"，吃那里的"淇淋果露"。"淇淋果露"就是冰激凌加果汁，读起来就是"奇里咕噜"，相当发靥。"淇淋果露"当时1角2分一杯，盛"淇淋果露"的杯子是很厚重的玻璃杯，冰激凌"潽"出来一半，你先要舔掉沿着杯子漫下来的奶油，那是最香的滋味啊。然后，我们双手捧着杯子，冰冰瀴，左顾右盼一番，无比珍惜地"嗖嗖"一吸……味道穿越万水千山，留到至今。

小辰光，真当冒发靥嘞。

妈妈的秘密

我给朋友看我妈妈年轻时的照片。朋友久久地看着照片，再看看我，忍不住扶住我的肩膀：你不要介意哦。我当然知道她要说什么。我点点头：我真的不如我妈妈。

我妈妈很好看。照片上的妈妈烫发，有型的波浪卷，她穿黑白波点的中式棉袄，脖子上围一个棕红色的羊毛领圈。妈妈瓜子脸，五官的比例非常标准。娟秀的眉毛，清澈又柔美的眼睛，喜欢抿嘴微笑。有人说妈妈年轻时像电影明星向梅，还有说像电影演员张金玲……关键妈妈还个子高有一米六八左右，年纪大有点缩了，可依旧腰板挺拔，皮肤白皙。

妈妈 18 岁就当了老师，后来当小学校长，一辈子都是学生第一、孩子第一。退休以后，每年的六一节，妈妈就会买一些书送到以前工作过的学校给小朋友。以前啊，小朋友收到了还会写信给妈妈，说一些感谢话，妈妈这个时候就很温柔，让我给她读信，然后戴上老花镜寻找信里有没有错别字。一般是没有的，可妈妈依旧一丝不苟，她指着其中的一个展览的"展"字，同学写成了简化字，妈妈摇摇头说：写信最好不要用简化字,这个"展"字,省略了下面的内容,用一横表达就不尽如人意了。她认认真真打电话到学校,跟老师说以后语文课,要跟同学们讲讲写信的规矩与格式。

这样被耳濡目染着,我把这个习惯也带给了我的女儿。我生日的时候女儿给我写贺卡,我一定会再三检查她有没有写错别字。

2010年六一节前,妈妈对我说,她现在落伍了,不知道当下的孩子喜欢什么书,让我帮着代买后寄给学校。我忙着忙着居然把这事儿给忘了。直到过了六一节,妈妈的保姆跟我说起,我一拍脑袋"啊呀"一记,连忙跟妈妈检讨。妈妈笑说:"我也正好出去走走,去书店看看,是阿姨陪着我去的。我进了书店就呆掉了,现在的书都是花花绿绿的,而且非常贵,以前买十本,现在就买五六本了。"我鼻子一酸,问:"你买了吗?"妈妈点点头:"我站在书堆前左考虑右考虑,想来想去最后拣了写动物的书,大小孩子都会喜爱动物吧,买了让阿姨寄了过去。"我拉阿姨到厨房,问寄给谁了?阿姨说,到邮局就寄给你妈妈的学校,写校长办公室收。我后来给校长办公室打去电话,问有没有收到,回答说收到了,谢谢老校长。

这一次,妈妈没有期待孩子们的回信。妈妈安慰我说,现在的学生入校了毕业了,一波又一波,我做这些事情,也不是要谁记得我。

而我真正更多地了解母亲，是在母亲退休以后在家的日子。那个时候，父亲已经离开了我们，母亲在我们几个孩子面前，变得非常知趣、识相、斯文且乖巧，她老是说我不要给孩子添麻烦，我不要成为孩子的负累，等等，事实上，她也是这样做的。

比如，每次我回杭州看妈妈前，我电话里问她需要些什么？妈妈略微沉思后说："买一瓶百雀羚雪花膏，3元钱一瓶的那种。"或者说，"买两块香肥皂吧"……妈妈要的东西，都是我楼下超市顺手可以买到的，也基本没有超过10元钱的。我按她需要的买，把这些细细小小的东西递给她，妈妈就一五一十收好，轻轻道："这样就好，不会乱买一气，都是辛辛苦苦赚来的钱，你要是为我乱花钱，妈妈要肉痛的。"

我杭州的同学请吃饭，我带妈妈一起去，妈妈就在镜前徘徊，连连摇头说不去了，我都老成这个样子，难看死了。我一定要她去，妈妈就浅浅一笑："我插不上你们的话，你们谈什么，我要反应个半天，我去了给你有压力了。"我执意要她一起去，她就进了里屋收拾半天，等一会儿她山清水秀地出来，我都忍不住一愣，妈妈依旧那么好看啊。快80岁的人，皮肤干干净净，头发虽然又细又软，却是清清爽爽拢到耳根后头，白色衣服，下面是黑色裤子。她会让我摸摸面料："还是你给我买的，我做客才穿的。"我带着妈妈在餐厅坐定后，她不多话，也不多吃，大家把菜夹到她的碗里，她才动筷子，大部分的时候，她一直在听大家说话。同学问她的看法时，妈妈连连摇头："我就听听你们说。"同学忍不住夸："你妈妈真是让人舒服啊！这样懂事的妈妈多好啊！"等回到家，妈妈就一五一十跟我算起账来，说今天的那一桌菜，她自己做不会超过120元，可饭店里吃要600元，太贵了。我说吃环境呀，也吃服务呀。妈妈说，哪里的环境比得过在家里自在呢？还有，我可比服务员周到呢，以后你们同学们馋了，就把大家叫到家里来，妈妈来做。不浪费。

那个晚上，同学跟我电话吐槽她的母亲"作天作地"的故事。我说，人老去也是无可奈何的事实。同学说，可我们也有压力和力不从心的疲惫啊。你以为谁都像你妈妈这样懂事吗？原来，她妈妈过80大寿，她早早订好饭店包厢，提前一周通知老人家，老人家回复："知道了"，问她有没有通知亲戚们？同学连连说都是按你的要求请了谁谁谁。老人家"嗯"了一声挂了电话。同学说，我提心吊胆起来，不知道哪一句就会惹到她。生日当天，同学早早来到饭店，亲戚也陆陆续续来到，平时就来往不多，这会儿也无话可说。大家就很尬地坐等老人家出现,可快 6 点了,还不见踪影。同学来到走廊给老人家打电话。此时此刻,窗外是渐渐暗下来的夜色,可以听见外面的车水马龙,身边是热气腾腾穿行送菜的服务员,人声鼎沸……可电话的那头却是关机……同学深呼吸,拢拢头发,清清嗓子,步入包房,以不可置疑的口气对亲戚们说:老人家高血压犯了,现在躺床上,今天肯定来不了了;大家现在可以享用晚餐,如果有人愿意提前离开,也请随意,我只能对大家说十分感谢,万分抱歉!果然,亲戚们纷纷离去。同学埋单、打包,叫了出租车,让服务员把亲戚送的礼物一一放入出租车的后备厢。当她狼狈不堪大包小包左拥右抱地回到家,只见老人家笔笔挺挺地端坐在沙发上看着电视里的国际新闻……同学把打包的饭盒一一放入冰箱,把礼物堆到沙发前的茶几上。然后捞起打包的鸡爪子慢慢地啃起来。老人家瞅瞅她后开始拆礼物,拆包装盒的撕纸袋的声音与同学窸窸窣窣啃着鸡爪筋软骨的响声此起彼伏。许久,老人家像犯了错的小朋友一样问:"你生气了吧?"同学不答。老人家念念有词:"我就是想看看亲戚里谁没有来……"同学走向卫生间,看着外面的万家灯火,眼泪滚滚落下。同学说,这样也好,从此以后她不会再去找她的亲戚了。在相当长的一个时期,老人家也会因为内疚不再麻烦她做这做那,两个人会有一段万事太平的岁月静好,也让她得以过一段平稳而安宁的日子。

我只能劝慰她：人老了就往回长了，就当她老小孩吧！而且，老人家都是很寂寞的。

我发小的父亲，其他还好，就是每天必须让女儿跟他汇报一天的工作和思想。发小说："我累个半死还要跟你汇报！"老爷子继续忧心忡忡："我要替你分析把关，看看今天有没有同事对你使坏？"

发小搬出了父亲家，在外租房。父亲执拗得很，每天都到她家楼下报到。当她加班深夜回到小区时，远远看见老爷子站在自己的门洞里，一本正经要跟她开会的样子。她心里那团炽烈的火就"噌"地蹿上来，老爷子却在她发火前开了口："我跟你们领导电话了，你的确在加班。"她站在老爷子身边，大口大口喘着气，她忍住不说那些怕说了再也收不回的伤人的话语……漫长的日子，却要如此这样地继续坚守下去，谁让你们是命里的亲人？发小坦言，这是没有办法的亲情，无法割裂的命中注定。孤独又心痛的情感，彼此纠缠又折磨，可这就是你无法摆脱的生活，也是你心甘情愿的俯首帖耳。这更是你的命运。

所以，每当我想到我有一个懂事的妈妈时，涌卷而来的是宜人的春色与温暖的善意，妈妈的懂事，也是我们的福气。

记得妈妈晚年的时候，某一个晚上，我跟她挤在一个小床上。妈妈轻轻道,我要告诉你一个秘密!我问什么呀?妈妈握牢我的手:"你每个月不是都给我零花钱的吗?我把它们都存起来了。"我坐了起来:"那是给你付保姆的工资啊!"妈妈拉拉我,让我躺在她身边。她的手拍着我的肩膀,犹如我小时候每当害怕的时候,她一如既往地把我往她身后藏一样。月光洒进屋子,铺在我们的身上,妈妈的脸依旧好看,脸部的轮廓随着时光流逝,也越来越柔和,变得更加仁慈了。

妈妈娓娓道来:"我有退休工资呀,我的退休金付阿姨的工资没有问题。所以我不要你的钱。人老了还问孩子要钱干什么?孩子长大了飞走了,他们有他们的世界,他们也有他们的困难。"

我说:"妈妈,你这是何必呢。"

妈妈答:"你给我的钱,我都给你存起来了,以后啊,我都还给你……这就是我的秘密。"

我拥抱着日渐瘦小的妈妈,答应替她守护这个秘密。出生于1932年的妈妈,有着她那个时代母亲特有的善良与坚韧,含辛茹苦带大孩子,拼了命地工作,晚年了也一心在为孩子着想。今天回望起来,除了无尽的思念、格外的心疼,还有更多的是难以言喻的感恩。妈妈的光,一直照耀着我们的心灵,成为孩子们生命里永远闪烁明亮的母爱光芒。

很抱歉,妈妈,今天把你的秘密说出来了。

父亲给我洗头

回杭州,先到杭州南山陵园给父母献个花,跟他们说说话。最近几年,那一带变化很大。以前的杭州陶瓷品市场前车水马龙,现在相对淡然冷清了。开车那几个弯一拐下来,满目都是郁郁葱葱的树木,青翠茂盛的小墙门口,立着"农家菜"的字样。南山陵园门口的花店当然已经换了好几波人家了。现在,我进入陵园以后,用自动扫码购买鲜花。

南山陵园老底子叫南山公墓,父亲母亲现在住的地方要走一个很高的斜坡。以前是可以开车上去的,现在用几个圆嘟嘟的柱子挡住了路,这个上坡走起来就有点辛苦,当然你也可以借此梳理情绪,想着要跟父母说什么话。我说得最多的话就是:"爸爸妈妈,有什么事情,托梦给我啊。"

好像他们从来也没有托给我什么梦,可我多次梦见过他们。都是在快早晨的时候,近乎半醒半梦间,他们出现了,我就大哭,哭得翻江倒海,胸口像被爪子挠着,身体悬空起来……然后猛然惊醒坐起!却已经将梦里的故事忘记得一干二净!前后左右什么都记不起来了!可又分明梦见过他们,这是非常非常难过的时刻，想着念着，我们还能在梦里相见，总是安慰的。

往父母的墓地走去，如果是清明或者冬至时段，身边的人会加快步伐往前，手里拎着鲜花怀里抱着供品；而从坡上下来的人，神态显然要轻松很多，手里的东西基本都送了出去，小朋友嘴里还咀嚼着什么，再抬头一看，百年老树的枝叶撒开，蓝天映村下，透着无比的勃勃生机。

父亲46岁才生的我，我4岁，他50岁。他把我背在身上，有人见了笑问："是你孙女啊？"父亲乐了，反问一句："你猜呢？哈哈哈哈！"

母亲学校忙的时候，根本顾不上我，父亲却非常愿意为我做点什么，比如，他要亲自给我洗头，要尽其所能表现一个老父亲对小女儿那不知所措的疼爱。他要给我洗头这件事情，可以说是大张旗鼓吧。先把家里唯一的那张可以躺着的藤椅子搬到屋里的正中央，然后让我头朝下脚朝上，躺下，于是我的整个人是倒躺着的，头往下冲，脸涨得通红，当然也很紧张，说话的气都接不上来。我倒着看父亲，只见他欢欢喜喜地端着水过来，放下，我倒着看他，因而他的形象无比高大，他用一个碗——对，是一个盛菜的碗！他舀起一碗水，往我的头上淋去，我吓得叫"爸爸我不要洗了！"这样一叫更加完蛋，父亲怒斥："不要动！"

我紧闭双眼，却能感觉到父亲那粗大的手草率地拍打我的头，小孩子的头发又粗又容易打结，他用肥皂在我头上搓着，用力要把纠缠在一起的头发掰扯开来，一用力，我疼得嗷嗷叫。他很快失去耐心，且变得十分愤怒："怎么这么多头发！"我吓得不敢吱声，他的手继续在我的头发里拍打，一会儿热水就淋上来，最后他放弃了，说："起来吧！等你妈妈回来再说。"

站在镜子前，我的额头上都是肥皂泡，头发湿漉漉的，打结纠缠一起，用手指根本顺滑不下来，头发上滴下来的水从肩膀一直往下淌着，我终于憋不住号啕大哭。

我长大以后，母亲常常重复讲述父亲给我洗头的故事，每一个细节都被母亲放大后加以点评。每当这时，父亲背着手站在一边听，时不时还补充几句，比如我的打结的难弄的头发，比如我的哇哇大哭。我忍不住问："那你为什么还要给我洗头？"父亲像个孩子一般答："我还以为很容易啊……"

当他晚年的时候，他就让我给他洗头了。他会提前跟我说，我们坐到阳台上洗头。我说好。他又说，让左右邻居都看看我女儿回来了。我"嗯"地点点头。他再问，什么时间洗？我说中午洗，中午阳光大。他乖巧地应好。

中午时分，阳光暖暖地晒着，我家的阳台上，母亲种的太阳花在风中摇曳。阳光正好，天就显得更高了。冬日干净的光芒下，枝叶油油亮亮，太阳花团团朵朵，父亲坐在这样的色彩里，他也十分得好看。我将毛巾盖在他的肩头，我轻轻地说："那我开始了。"

他左右摆动着头，小声地问："李师母家应该吃过午饭了吧？"我告诉他："还不到午觉时间呢。"他点点头，可以感觉到他在用眼梢看着左边邻居家的阳台。洗发水被我倒在手心上，有点微凉，我将这透明的液体轻轻地往他的头发上揉抹，手指间微微揉搓着他的头皮，其实，父亲的头发已经十分稀疏了，人老的时候，头发就会变得非常非常细软。看着父亲稀稀落落的头发，我有点难过起来，他似乎感觉到了我的情感，用严厉的声音说："你的手这样轻？没有力气么吗？"

此时此刻，对面阳台上站着邻居李师母，她的身体探出来，提着嗓子喊起来："老王女儿回来了？"爸爸扭头回答："你不看见了吗！"李师母哈哈大笑："还是生女儿好吧？"父亲不理她，李师母走回她的房间。父亲悄悄跟我讲："她肯定要跟她女儿去说，还是我家女儿孝顺。"

洗好了头发，我用毛巾将父亲的头好好地裹起来，再用吹风机轻轻地吹……暖乎乎的热风里，父亲昏昏欲睡。我扶着他来到卧室，他躺下，压好了被子后，我摸摸他的脚："爸，你的脚很凉呢。"父亲慢慢地道："老了都这样，年轻的时候还有脚臭呢。"我双手伸进被窝,将父亲的脚搂入怀里,不一会儿,听见了他的酣声……

爸爸在最后的日子里,已经不大能说话,在他的病床边,我把他的手贴着自己的脸,我看见眼泪从他的眼角滚落……这是我人生里最害怕恐惧脆弱的时候,我没有办法让父亲永远跟我在一起,我只能这样安慰:"他的离开只是换一个地方睡觉。"

世界上没有一种感情可以替代你跟你父母的感情。那样的感情,既是生育之恩,也是养育之情,更是你的精神支柱。是你的情感寄托,生活的港湾,以及奋斗与努力的力量。而那些细水长流的家庭故事,则是我们努力生活的鼓励吧。

又一年,我来到父母的身边,我的手指滑过墓碑上的字迹,感觉父母也在看着我。风静静地卷动树叶,头上蓝色的天空里云朵绵绵,远处一只彩色的小鸟飞过,可以听见大地心脏在那里怦怦怦地跳动……父亲给我洗头的瞬间,就这样永远定格在我的记忆里。我把手伸向天空,光亮穿越指间,我依旧可以触摸到你,我的父亲。

走过路过

复兴西路上曾有一家小店,木质的门不大,绿色,门朝街头敞开。你走过路过,无比随意、顺便、碰巧在此幸会,你漫不经心步入,老板娘早已明察秋毫,笑容可掬地道:"路过啊,来,歇一把,我请你吃杯咖啡。"

于是,我就在桌边的小沙发里坐下,此时,玻璃窗外阳光正浓,汽车开过,摩托车闪过,生气勃勃的景象。屋里咖啡香弥漫,眼前的人也好看起来。这是一家卖服装杂物的小店,进门一排衣架上挂着"外贸服装",正中间是一个小圆桌,上面堆着各种T恤、羊毛衫,层层叠叠,五颜六色;地上放着很深的篮子,里面垒着袜子和手帕。边边角角的地方,还摆着杯子、蜡烛和绣花的桌布,老板娘笃笃定定地坐在一张长桌的后面,桌上,赫然醒目的是一只像本书大的计算器。

优秀的老板娘永远情商智商双在线。在她问候你家人、你工作,点评你肤色和体型后,我赶紧抓起一件衣服进了试衣间。所谓的试衣间是后门通往二楼走道一个堆放杂物的小房间,非常局促,昏暗,头上是15支光的灯泡,你三下五除二地换上新衣服，惴惴不安地走出来，老板娘真诚地欢呼、感叹，用尽赞美，说得最让你无言以对的台词是："这衣服是长在你身上的。"

好吧，半个小时后，我穿着传说中"长在身上的衣服"搭上了15路汽车，阳光爬在车玻璃窗上，斑斑点点、晃晃悠悠，都是故事。很多年以后，我路过曾经的小店，回忆起最后一次是跟我婆婆一起来的。我给婆婆在那里买了羊毛衫、棉外套，婆婆坐在屋里的花布沙发上，高高兴兴喝着咖啡，老板娘由衷地赞美："婆婆长得真好看！"

小店足以让人痴迷或者念念不忘，是因为有你面对面可以感受到的热情与笑容，当然，跟老板讨价还价时的明争暗斗也是快乐的一部分，更多的，她是一个情绪的存放地和记忆的百宝箱，也是漫漫日子里你可以看得见风景的万花筒。

说起对小店的想念，我记得在古北一带有一家烤肉店，老板、老板娘长得干干净净，笑起来快快乐乐，牙齿整整齐齐。每次见到老板娘，都有如沐春风之感。她招呼我们入座后，悄悄地说："我要送你两只烤虾！"烤肉开始后，她就端着两只大虾站在我们面前。烤盘温度刚刚好，她将两只大虾轻轻放置，嗞啦嗞啦的声音随即响起，一股烟火从虾壳间嗞溜地闪烁跳跃，说时迟那时快，她将虾翻过来继续炙烤，虾背半焦半红，刚刚好，一股烟雾飘曳，两只大虾已被她夹到盘中。她细致地将虾背对背，虾头面对面，于是，一个爱心造型的烤虾完美呈现，忍俊不禁！结账的时候，她会朝我眨眨眼睛："我给你打八折！"然后说有客人回国的第一顿就是到这里报到，尝一口烤猪五花肉，又烫又油，直击灵魂，半天张嘴，久久不舍。

现在，这家店已经没有了。偶尔从那里走过路过，想起最后一次，我、书潮和曲光辉老师在这里相聚。现在想来，伤感而难过。悠悠岁月，情深不语。

当然，也有百折不挠、生生不息的小店，是你生活中的喜相逢。我去的一间理发店，发型师坐在带轱辘的椅子上，围着客人滑过来滑过去，很酷的样子。给我剪头发的小卫说他的孩子已经读大二了，成绩不错，很让他们心安。这么一算，我们认识也有十几年了。日子就像头发一样，剪了长，长了剪。他说，我要谢谢你们多年的关照！一时间，我居然答不上什么话。我想起有一年过年的时候，我接到小卫的电话，他说，王老师，我在老家呢，要不要给你带一只老母鸡？我叫人杀好带回上海……遗憾那次我不在上海过年。当时挂完电话，我跟家人说，以后谁也不准见异思迁到别的地方理发，为了一只没有吃到的老母鸡，一直要做最忠诚的小店客户。

北京印记

在北京出差几天，空闲的时候，想着要去一家蛋糕店。2016 年我在北京修改剧本《岁月如金》，好友小珂给我送来一块据说是北京最好吃的黑森林蛋糕。当时写作无比焦虑，有甜品有蛋糕，心里无比认可那是北京最好吃的蛋糕。

我换上新衣服，可吊牌无论如何都扯不下来。我按了服务铃，不一会儿服务员来了，一个黑黑胖胖的姑娘，双颊红扑扑的，十分喜气。她问我需要什么吗？我拿着衣服跟她说："能不能借给我一把剪刀？"服务员直截了当："剪刀不能给您。"我说当然当然，我不过就想剪掉这个吊牌，要不我戴着吊牌出门吗？服务员拿过衣服，一看，说时迟那时快，将吊牌的线往嘴边一放，然后用牙齿狠狠一咬，惊得我目瞪口呆。服务员一笑：没别的事儿了吧？

电梯里，我脑中回放刚刚那一幕，万一，她的牙齿被线给崩掉怎么办？想想有点胆战心惊。于是，去蛋糕店的脚步更加雷厉风行。

这是 2024 年 8 月的一天，太阳直晃晃地顶天立地，倾铺在街道树木车流上，空气中闪动着热气腾腾的火辣。当我进入凯宾斯基酒店，心里一惊，小珂给我送蛋糕的事儿已经过去8年，8年足以改变很多东西，包括逝去了岁月、消失的小店和离开的朋友。

我问酒店服务员，这里有没有一个蛋糕店？显然问这类问题的人比较多，他就有了习惯动作，不开口说话，直接顺手往右边那么一指。

我经过大厅，再拐过一个走廊，蛋糕店就在那里了。真是有点意外，因为像是开得红红火火的样子。蛋糕店门厅上方有着红白竖条的帘棚，脚下一块很大的脚垫上写着英文和中文，提示这是一家美食店。门口电脑招牌上有价格表，很直截了当，上面也分别用英语与中文写着：法式面包棍23元；凯宾斯基自制面包38元。我略有所思，快速比较上海这个规模与品相的蛋糕面包的价格。

走进门厅，里面摆着几张方桌，几把没有靠背的凳子。直接对着门口的墙面上有挂壁电视，好几台，有的在播新闻，有的在放电视剧。一排靠墙的货架上有卖酒、调料和袋装咖啡。右边是一排玻璃橱窗，卖火腿干酪忌士里昂冷切肠，很大的烟熏三文鱼牛角包要79元，不时有老外光顾，真是有点小贵啊。而左边就是卖蛋糕的区域了。走近了，隔着玻璃冷柜，花红柳绿的蛋糕参差不齐地排列着，冷柜里的灯一闪一闪，有点电力不足，却顽强地坚持。生日蛋糕得 300 多元一个，底盘是巧克力，上有抹茶绿色，顶部托举着切得很漂亮的草莓粒。我站了没一会儿，身边就有顾客大声呼唤。眼看面前的黑森林蛋糕就剩两块了，我急不可待地上前："我要一块黑森林。"服务员在购物单上哗哗哗地写着，像在画一幅漫画，并且头也不抬地问："还要其他？"我说不要了谢谢。她刷刷地递给我手写的购物单，我接过一看，用圆珠笔写的，单子约半张 A4 纸大小，纸质很薄。在购物单上，有数量和摘要，服务员究竟是写着 405 还是 L05，估计只有他们自己懂得。上面的价格写得清清楚楚，标价 55 元。菜号单还有点意思是红色的数字：0161317。估计是存根吧。

  55 元一块的黑森林蛋糕！我心里磨磨蹭蹭地想贵了贵了。付款处付好钱，再回到冰柜边取蛋糕，蛋糕真是墩厚啊，端着它都让人心安。入座，开动，边上位置也陆陆续续来了人，家长带孩子的比较多。有家长在训斥孩子："今儿个可是最后一次，赶紧！再吃你就胖死！"我都不敢回头，人生金句一定要以此共勉！可面前的蛋糕十分可爱，北方的蛋糕真是膀大腰圆，有一股子浩浩荡荡气壮山河之感，想起我在上海家里，请北方朋友吃饭，饭后我将蛋糕切成亭亭玉立一小块一小块，像冰块般大小，我是真心实意感觉甜食不必多吃。北方朋友瞅着我："这小鼻子小眼的，你欺负人啊？"真是无比惭愧。

现在，我兢兢业业地吃起蛋糕来，巧克力部分醇厚扎实，蛋糕部分松软绵柔，合二为一，有山水相逢的交融。果然森林无边，滋味有情。

从酒店出来，我给小珂打去电话，她在外地，听我说黑森林还在好味道还在时候，极其安慰。我挂上电话，七拐八拐找不到我住的旅馆的方向，我看见路边有一看门的大爷，走向他。

我说："师傅，麻烦问一声路。"师傅瞅瞅我："有话您直说了。"我说，"你看看这个地址，我是走过去好呢，还是打的方便？"师傅一看地址，乐了："嗨！这样得了，您把打的钱给我，我骑着车带您溜达过去就到了！"

哈哈哈，真逗。

热气腾腾的早市

6元一袋的延边朝鲜族手工泡菜、20元4斤的冻带鱼、5元一斤的花生米、3元一碗的大碴子粥、2元一个的玉米面酸菜大包……11月的一个早上，我来到了长春最大的早市永兴农贸市场，此时此刻上午9点，早市正在上演着一幕幕热气腾腾欢乐可爱的生活剧。不远处的烟囱耸立，身边一袭大花袄的大姐笑容灿烂，耳边传来阵阵脆朗豪爽的东北话，这独有的充满了烟火气的东北早市，我喜欢。

永兴市场地处老城区。据"长春发布"显示，市场分为东西两侧，经营总面积近1.7万平方米，经营品类过万种，经营业户千余家，这里，生鲜果蔬物美价廉、粮油日杂应有尽有。

首先吸引我注意的是卖大酱的大哥，他卖的酱叫"特色农家酱"。卖酱的大哥头戴一顶紫色绒线帽，卫衣上印有金光闪闪的皇冠，十分霸气豪迈。他扯着嗓子喊："嘎嘎香啦嘎嘎香！"一位大姐上前，问这酱多少钱一桶？那个桶，相当于我们上海杏花楼装芝麻粉的那般大小。大哥抑扬顿挫道："5元一斤！"大姐气壮山河："买3桶！"我有点惊讶，这得吃多久啊？

大哥接招:"买4桶得了!100元4桶!"大姐掷地有声:"好嘞!"说时迟那时快,大哥大勺大勺地往桶里盛酱,大姐继续唠嗑,这酱就是盐和豆子吧?大哥掏心掏肺语重心长,就是豆子跟盐和水,其他啥都没搁!此时此刻边上的伙计也接过了话茬,没有添加剂、没有防腐剂!大姐"哦哦"地点头,然后感伤起来,回忆绵绵往事:"我为啥要吃你家的酱?因为你家的酱啊跟我家的酱是一个味,我家老太太以前做的,可惜老太太已经不在了……"

这就是吃情怀了,惹得一边看"戏"的我也忍不住要想买。大姐、大哥瞥我一眼,一看我南方人的样子,忍不住言传身教起来:"你啊,买回去以后,想生吃就直接拿菜蘸酱,想熟吃就把它做成鸡蛋酱,完了做菜的时候一起炖也成。"我问大姐你买了4桶回家搁哪儿啊?大姐说我搁外头啊,这可得吃一大冬天。我茫然地看着他们说,上海现在外头还有十几度,大哥大姐同情地看着我,同时道:"那还叫冬天?"

我买下了7元一瓶的酱,快递寄回家又花了十几元钱,可买得很开心,被陌生的大哥大姐一五一十地言传身教,心里更加热热乎乎,逛早市的脚步也格外舒朗轻快。走过一些摊位,价格实在令人叹为观止,也忍不住记了下来:东北大花背心45元1件;五仁月饼1元1个,大五仁10元8个;当地油豆2元

5角一斤，新小米4元一斤，小西红柿2元一斤，辣椒10元5斤；周边还有卖"锅包肉"的，15元一份；炸的蔬菜丸子，7元一斤。

此时此刻，一阵脆生生的吆喝传了过来。拐角处，一个卖卤菜的摊位上，一男一女正抑扬顿挫地叫喊着："好吃不贵啊经济实惠啊！"话音刚落，浓香阵阵，让人驻足停留。只见热气腾腾的猪蹄、猪头肉被轰轰烈烈地摆在大盆里，老板扯着嗓子呼天抢地："我卖急眼了！"然后举着一只大肘子伸过来："18啦18啦！18一斤的大肘子，18一朵花啦！"细看那肘子，皮光润亮，煮卤的时间一定恰到好处，香浓阵阵，令人垂涎欲滴。如果再来一杯小酒，啃一口肘子，那个酣畅淋漓的劲儿啊，就是火辣辣暖洋洋的好日子喽。

说起了酒，这不正来了。广场上，只见一辆大车上墩立着至少6个大酒罐。酒罐有半人多高，酒罐上的标记一目了然：红高粱三年陈酿10元，高粱窖王30元。"自己酿自己卖，买10斤赠5斤。"看看吧，气氛都到这个份上了，再不吃点啥真是白来一趟。我买了10块钱的大饼，结果老板递过来8个大饼，还分了两袋装！东北人真是实在啊。

不知不觉已是中午时间，有些摊头开始撤了，这里早晨五六点钟营业，直到中午。那家卖延边泡菜的摊主告诉我，他家东西好，一般一小时卖完就收摊了，来的多半是附近居民。一边的地摊上摆着旧杂志，有2003年的《青年文摘》和2004年的《上海文学》。我蹲下来翻，老板说："喜欢？送你了。"

离开早市的时候，一个穿着一身大花袄、头戴绿色头巾的姑娘站在凳子上，挥舞着二人转手帕，她笑容美丽声音漂亮："来来，这边瞅瞅这边瞅瞅！嘎嘎香的大瓜子先尝后买嘞，不香不要钱嘞……"

回到上海以后，我很快收到了长春快递过来的"东北农家酱"，我按照卖酱大哥说的，分装在不同的玻璃罐里，放入冰箱。晚上，我倒出一点点在碗里，用黄瓜蘸着酱，味道浓烈且十分奇特；再拿出早市里买的那个大烧饼，烤软乎了掰着吃……嗯，嘎嘎那个香啊。

长春早市给我留下了绵长的回味。早市是细碎生活的点滴，也是一个城市活力的体现。我喜欢这样面对面的热情，喜欢这些掷地有声的吆喝，更喜欢平凡质朴的人们身上那乐观潇洒的劲儿……小小日子，烟火人间。

倾听与告白

我是在下午 4 点 25 分的时候进的上海动物园。

这个时间去看动物,我自己都觉得又新奇又特别。起因是路过动物园门口的时候,被工作人员热情的招呼给吸引了。他说:"还有 5 分钟!还有最后 5 分钟!进还是不进?"

进还是不进?问题直指心灵。

记忆里搜寻上一次去动物园是什么时候?一时间居然想不起来。再一问周围的朋友,回复是:10 年前;有的则说,小时候去过。

我努力回想着,几乎没有来过上海动物园!真是孤陋寡闻了。世面见得少,会阻碍想象力。

门票 40 元一位,进入园中,一幅地图介绍如何进入这个神秘世界。上海动物园建于 1954 年,里面饲养展示野生动物 470 余种 5000 多只。

一想到自己要看 5000 多只里面的一部分,顿时兴冲冲喜洋洋。而且这个时间点来到动物园,人少,树多,空气透明,有一种小小的满足感……此时此刻,一辆小白摆渡车刷地驶来，工作人员依旧情绪饱满："最后一班、10 块啦、10 块啦，最后一班！"

因为园子太大，为方便游客，园区有小白摆渡车。我扫码，10 元，坐上今天的"最后一班"。"最后一班"的说法也许有点夸张了吧？给人过时不候的紧迫感以及与今生今世擦肩而过的压力感。这样一想，车速呼啦啦地，满眼的浮光掠影，突然，工作人员叫："10 块到了，10 块到了！"

这会儿的风，随着渐渐暗下来的夜色，有劲地吹着，被抖动的竹子沙沙沙沙地响着，我想起一个特别的故事。2022 年 1 月我看见在医院工作的肖老师发的朋友圈，她跟医生们一起出诊，居然是给老虎看牙齿！她至今都沉浸在无比的骄傲与得意中，"你们是去看老虎，我跟医生也去看老虎，可我们的'看'，是给老虎看牙齿！我们看过老虎的嘴巴好吧！张开嘴巴看里面的牙齿好吧！"

我酸溜溜地道：这个牛，真可以吹一辈子了。

原来，有只老虎的牙齿蛀了，不方便进食。从照片上看，医生们身着蓝色的手术衣或白大褂，站在笼子的外面，手伸进笼子里老虎的嘴巴，看姿势，被麻醉后的老虎完全知书达理，乖乖听从安排，接受医生的治疗……在医生的关照下，老虎很快恢复健康。我给肖老师电话，她激动地叫起来：

"我想念它们了!"

现在,我来到了大熊猫馆。从大玻璃窗望进去,一只熊猫在睡觉,另一只洋洋自得坐在吊椅上吃着竹子,任何视角下的熊猫都无比可爱,憨态可掬、肥嘟嘟、圆滚滚,你真心想能不能跟它一起吃!碧绿生青的竹子被它三下两下送进嘴里,熊猫有强大的咀嚼肌,现在很多剪辑视频里都有熊猫吃竹子音效,十分杀馋,非常治愈。

大熊猫馆很有趣的地方,还有一排可供观看的熊猫食谱展示,告诉大家熊猫喜欢吃什么,放在罐里的有玉米粉、黄豆粉、大米粉、小麦粉、燕麦片,有碳酸钙、磷酸氢钙、食盐、蜂蜜和花生油……

走出熊猫馆的时候,已经是下午5点30分,4月的上海,微冷、清朗、透明。此刻的天空,像被神奇的手那么潇洒地一挥,天色瞬间变成了灰褐色,只看见叶子安静地落下,鸟儿嗖嗖地飞过,樱舞纷扬,天鹅划开水面,水波袅袅余余。

没走几步,树影的斑驳变得模糊且迟缓,暗灰色染上树梢,穿过指缝黄昏的天,像一幅幅木刻作品。渐渐地,一声由远而近的吼叫声响了起来,起初听这声音有点像是电影里的音效,十分瘆人,再听着听着,声音多了起来,说"虎啸狼叫"有点夸张，可还是让你忍不住回回头，再看看天，吓人倒怪。此起彼伏的动物的吼叫声"呜呜呜""嗷嗷嗷"着，你一定不曾想到黄昏的动物园有如此奇妙且有趣的时刻吧？难以相信在四周渐渐暗下来的自然里，你可以倾听动物们的告白……

我有多久没有这样倾听大自然里它们的声音？又有多久没有面对面跟可爱的动物对视？春天来了，大地万物复苏，大自然的躁动也唤起了它们的灵感吧，或者到了饭点，它们有点急不可待地嗷嗷待哺？也许是因为黄昏的光芒让它们放松下来，一天要结束了，它们彼此招呼一个，伸个惊世骇俗的懒腰，这是一天收工的节奏。

渐渐地，它们叫着叫着，有点欢乐了……渐渐地，声音小了下去，一天真的要结束了。

从边门走出动物园的时候，已是万家灯火。星光点点的都市里，有它们的声音，这个世界里，我们倾听、它们告白……

第四季 大生活

那些相遇与相识，都是故事

整理书柜的时候，看见一个相册，里面的照片是我跟韩国演员金惠子的合影，照片的下方有一行字：2014首尔国际电视节评委。

时间一下子把我带到了2014年7月。我受邀到韩国首尔当评委。从上海飞首尔很方便，到达首尔后，电视节组委会接我们到一处非常幽静的酒店，房间宽大明亮，打开落地玻璃窗，外面是绿绿葱葱的园林景色。据说还有韩剧在此拍过，可惜当时我已经没有心情细细打听，因为隐隐约约感觉自己的腰部不对了，整个背就突然僵硬起来。我心里咯噔一记，完了，出差工作居然腰椎间盘突出的老病突然又犯了！

这些年，职业病伴随着每一次的创作。我跟上海编剧何晴每次见面不必多言，她掏出"止痛膏"，我拿出"护腰贴"，互相交换，彼此深深对望一眼，尽在不言中，我们俩连按摩师傅都是同一位陈先生。陈先生一边按着我"格格拉拉"响的肩颈，一边说："何晴老师最近肩周也不好。"我叹息："请您转告她，我的腰椎也真的一塌糊涂啊。"

可这一次，身在异国他乡犯了老毛病，我很焦虑，当然也担心工作，怕给人添麻烦，毕竟评委工作不能缺席，一人一票。

勉强挨过一个晚上，第二天就开始了紧张的工作。那一届评委会主席叫金惠子，中国观众对她非常熟悉，她主演的《爱情是什么》应该是20世纪90年代观众的记忆，她主演的电影《母亲》还获得过国际大奖。第一次见到这个评委会主席，是在草坪上，她一袭藏青色连衣裙，质地很好，胸前有点褶皱，裙摆收身显出她很细巧的身形。她其实非常瘦，平跟黑色皮鞋，耳环是珍珠的，手上身上没有任何其他首饰。显得利落干练且又有明星范儿，当然还有点评委会主席的庄重。她深深看我一眼，眼神犀利，具有穿透性。这一瞥是有腔调的。

很久以后我跟朋友说起她，我说有的演员看上去也不显山也不露水，可就是有光芒，有一种万千人生都在她手心里的力量。我看见金惠子，就是这样的感觉。

组委会在酒店的草坪设定了一个拍摄区，用于拍摄评委照片。拍摄区放着3张凳子，金惠子居中，我跟一位德国评委各坐一边，身后是来自日本的评委导演KENTARO，他的作品是50集大河剧《笃姬》，还有来自英国、德国和韩国的其他评委共7人，另有两位组委会成员。简短拍摄完合影后，我们来到会议室，这个会议室很小，最多也就可以坐20人，大家围在一起讨论，看片，工作时间是从上午10点到下午6点。

评审会主要是评审电视剧项目，配了中文和英文、韩文翻译。我们每个人都发言、畅谈，因为需要翻译，所以节奏很慢。金惠子非常专注，你发言的时候，她就盯着你看。盯着你看，你就是她的对手了，要给反应，要给内容。

这样紧张的一天下来，我的腰几乎要断了。晚上，有个欢迎晚宴，我还来不及请假，已经被人拉上了小巴。一路颠簸后，来到了一家酒店，吃的是西餐，却也比较简单。面包、汤之后，是牛排和甜品，大家客客气气，语言不通但微笑畅通。等晚餐结束，我已经需要犹豫片刻后才能站立。以至于离开餐厅的时候，我走几步要停歇一会儿再继续走。金惠子等在前面，她问："你是不是很痛？"我狠狠地点点头。她轻声跟身边工作人员叮咛几句，工作人员问我要不要去医院。我说，我知道是老毛病犯了，去医院也没有意义。金惠子提示我好好休息，不用担心。工作人员送我到了房间后，我说，我试试看第二天能不能工作，如果实在不行，也只能麻烦组委会想想还有什么其他办法了。

当天晚上，我的整个腰已经僵硬得不行，我冷静地思考了一下子：第一，尽量看看有没有可以折中一下的评委工作；第二，我应该尽早回国治疗。

一夜难眠。第二天，我是拖着脚"移"进会议室的，大家充满同情地看着我，金惠子特别送了我一把扇子表示问候。我勉强支撑着完成了上午的工作，回到房间躺到床上后再也无法继续坚持下午坐到会议室里了。

那真是一言难尽的痛苦。我直瞪瞪地盯着天花板，或者侧过脸盯着窗边看，光线从玻璃窗的边稍移到窗帘的褶皱处，时光浸润在细微的摇曳中，如此呆滞如此漫长……我心里十分抱歉，任何一个职业工作人员都希望努力完成工作，更何况还是评委工作。终于，组委会想出了一个方法，因为已经到了最终的投票环节，他们请工作人员把每一项需要现场打分的纸质投票资料送到我的房间，我躺在床上举笔打钩完成投票。一边站立等待的工作人员再将资料送回会议室。

那个时候，我的助理已经飞到了首尔，她看我这个样子忍不住惊讶，你就是这样当评委啊。

整个下午，工作人员拿着纸质的资料来来回回穿梭在我的房间与会议室之间，身后还跟着一个翻译，我十分佩服她们的耐心与包容，终于，投票环节结束了。我也在第四天回到了上海。

两个月后，在首尔国立剧场举办了2014年第九届首尔国际电视节，我参加了那个星光灿烂的颁奖典礼。那一次，我们评出的最佳女主角是《密会》里的金喜爱，胡歌获得了亚洲最具人气奖。

那年秋天，我收到了组委会寄来的我跟金惠子的合影，照片上的我们笑得十分灿烂。2023年，我看了她的最新电视剧《我们的蓝调》。她演李秉宪的母亲，一个在市场卖菜的妈妈，她几乎素颜，表情超然，动作随意，不像在演戏，更像在生活。只是当她的一个眼神盯住你，那种看穿看透万千山水的深邃，足以出神入化。我对着屏幕微笑点头：很高兴曾经跟你一起工作，虽然只是寥寥数日。

那之后的2015年，我再次受邀担任第十届首尔国际电视节的评委。我想，我那次糟糕的犯病还好没有让大家对我失去信心。2015年9月10日下午，首尔上岩文化广场可以容纳3000人的颁奖礼十分隆重。那次，李英爱获得了"十年韩流功劳大奖"，嘉宾有《深夜食堂》的小林薰。我见到了之前的评委老师，他们看见我第一句话就说"你的腰好些了吗？"那可真是一个梗了。那一届的评委会主席是在韩国演爸爸著称的崔佛岩。他像是直接从我们身边的餐厅或者澡堂里走出的长者，头发凌乱，眼泡浮肿，西装没有打领带，合影的时候站在最后面，大笑着，一股子憨厚大叔的样子。

2019年，我担任了第十四届首尔国际电视节评委。那年8月27日下午，我跟其他评委一起搭车来到一个叫"首尔之家"的地方，在门口，我们评委合影留念。然后我们来到山坡上边的一个房间畅谈讨论。窗外，绿绿葱葱，屋里一共 7 位评委，加上组委会秘书长等共 9 位。第二天的颁奖礼十分隆重，我们评委被请到一边的休息室等候入场，休息室不大，一进门，我看见一个年轻人安静地坐在屋子的一角沉思，他一身黑色的西装，目光干净，工作人员介绍说他是日本演员三浦春马，他出演的电影有《行骗天下》等。

颁奖礼可圈可点，那个晚上，三浦春马获得了"首尔电视剧大奖亚洲之星奖"。他领奖的时候说："希望可以继续作为演员，让作品成为联系不同人们的桥梁。"

2020 年 7 月的一天，从新闻上获悉三浦春马去世的消息，我十分惊讶如此年轻有才的他遗憾离开……

回忆起那个颁奖礼的晚上，还有一个人让我记忆深刻。那天活动结束，已经很晚了。我们在会场后面的一处台阶前等车。与现场的璀璨耀眼不同的是，台阶前空空荡荡。只见一个人匆匆忙忙小步跑过，他在找自己的车，他的手臂里夹着包包，他就是刚刚在舞台上无比灿烂的导演朴赞郁。

此时此刻，我合上了相册。时光飞逝，能目睹这些，能亲历这些，能有这样的工作过程……对我而言，是一份独有的回忆。而与一些人相遇又相识的过程，至今想来，都是故事。

手机链

2025年3月,在成都的一场电视剧论坛"我心中的人民(2024年度人物形象展示活动)"活动上,我见到了艺术家曹翠芬老师。她看着我说:"丽萍,我想问你一个事儿。"

我心拎了起来,看她一脸严肃且正儿八经的样子,我不知道她要讲什么事儿。她看着我:"记得我演过你编剧的电视剧《女人不麻烦》吧,里面有一个情节,我至今还没有想通。"

我一愣。这是我2000年左右写的戏,我一直不敢多提,写得比较匆忙,播出了也就结束了。没有想到25年以后,主演提到了这个剧。

我一只手抠另一只手,手背的皮肤被我抠得有点疼,我专注地看着她:"曹老师您说。"

她娓娓道来。她说:"我演的那个女主角,被丈夫抛弃了,她带着孩子们一起努力生活,这是很真实的,也很好。可有一个情节,当她听说前夫去世的消息时,剧本要求我一下子昏倒了……丽萍,我无法理解,按说不爱了,也分手离开了,那为什么还要昏倒?无论他以前给她怎样的伤痛,他现在离开了啊，那么她的反应应该如释重负吧？为什么还要昏倒呢？我觉得逻辑不对。可也一直没有跟你面对面交流。当然，这个剧也有可圈可点的地方，比如，喜剧，也很欢乐，不少观众至今都觉得热热闹闹看了很开心。可我一直对这个人物的情感轨迹有点想法，现在就当你面问出来吧。"

如果时光倒流可以重新出发，我一定不会如此草率地写这个情节。

《女人不麻烦》2001年播出，导演是包福明老师，主演曹翠芬、郭冬临、严晓频、王一楠、姚安濂、周笑莉、李丁等。这个剧讲述了樊淑芳在经历婚姻失败后独立坚强，以及她的四个女儿各自面临爱情和事业挑战的故事。樊淑芳的扮演者就是曹翠芬老师。

回想那个时期的创作，我因为刚刚来到上海不久，有点急于求成吧，写作速度也很快。这个剧本我设计的是一个母亲带着四个女儿的家庭故事，她们彼此鼓励一起面对种种挑战。这样的布局当然也中规中矩，但是喜剧很难写，戏要出彩又要人物独特的话，对编剧来说也是不小的挑战。

那个时期的我，眼界与格局有限，想象力有限，对生活的观察也有限，特别是在人物的刻画上，差了好几口气。

当我有了些生活阅历，也经历了种种困难，特别是在经历了创作低谷，也经历了创作痛苦的瓶颈之后，现在回头再看看曾经的创作，真的有点惭愧起来。

我记得看过一个作家在写到女人面临人生灾难和遭遇的时候，她写的是女人拼命地做家务、擦地板、擦玻璃窗，在一系列这样的动作里，人物内心的心潮澎湃在晃动的肢体动作里一一展现，甚至不需要台词，人物的动作足以表达。

那么，我为什么要让曹翠芬老师昏倒呢？

表达接受痛苦的方式有很多，如作家写的做家务、脸色骤变等，这些年，我也经历亲朋好友的变故，包括自己亲人的离别。那个悲痛的时刻，我们克制，或冷静，或硬撑，或强忍，或死扛，就算大哭，也是背着人群的后面……没有一个是昏倒的表达。

我怯怯地跟曹老师说，我现在能够想起来的，是因为这个剧是喜剧，所以悲伤的情节想用喜剧的夸张的手法来呈现；另一方面，当一个情节结束之后，用这样的方式来做起承转合，定格，后来的剧情得以继续展开。

这样的解释显得苍白无力。现在想来，《女人不麻烦》播完就没有了，也是遗憾，关键也在剧本不得力吧。也给今天的我继续一个提醒，创作剧本不可以偷懒也没有偷懒的方法。

其实那个戏之后，我已经意识到需要更多的生活积累和扎实的创作素材。我去了很多地方，在各个节目里吸取营养，采访不同的人生……那之后，我写了《错爱一生》。这个剧之前还有过另一个名字，叫《拿我的一生与你交换》。

导演梁山老师很早就加入了剧本交流，他给我很好的提示："人生交换是一个情节，可是人物要如何来完成这个过程，应该是非常非常痛苦的。"他还说："我最难过的是一个一辈子的好人，偶然犯的错误和痛苦。"

那是2002年的一个下午，我们坐在上影厂二楼的一个咖啡走廊里，阳光从玻璃窗晒进来，铺在走廊里，有人在边上走过来走过去，我听见有人用表演的嗓子喊着"啊！上海啊上海……"我们坐在最里面的角落里谈戏。我说，我可以写出这样的感觉，一个好人偶尔犯了错，却要付出一生的代价，而她非常无辜，她就想让自己的孩子过上好一点点的生活。可是她又要付出代价。我要写得痛苦一些。

下笔的时候，非常顺利，《错爱一生》的开头是凤姑（萨日娜饰演）与韩雪扮演的母亲生孩子的戏，那个戏激烈而刺痛，陶泽如演的父亲就这样推开了房门……如今，仍然怀念《错爱一生》，人们喜欢韩雪梳两条小辫清纯的样子和温峥嵘演的极致沉重的顾忆罗，郑振瑶老师演的那个优雅大气的外婆让人过目不忘。当戏里的外婆去世，有观众给我写信说"你为什么要让她死啊",我知道大家都进戏了……这个戏对我的意义是从《女人不麻烦》的浮躁里走了出来,更扎实地写人物了。

2025年4月初,我收到了曹翠芬老师给我寄来的一个手机链。那是我们在成都的时候,我被她"批评"着,我有点尴尬了,就指着她的手机链说,这个手机链好好看啊。她不声不响在淘宝上下了单,要了我的地址后寄给我。

现在,那个仿珍珠的手机链挂在我的手机上,我的手抚摸一粒又一粒珍珠,感动也随之涌动。它们常常提醒我,写字要一个字一个字地写,想明白了再写,更真实更生活地去写。那么,亲爱的曹老师,先欠你一个好角色吧,这一次,我一定不让你"随随便便"地"昏倒"了。

见证那些相亲的节目

那天在邮局办事儿,营业员看看我,说:"你以前做过《相约星期六》节目吧?"我"哦"地一记,道:"那真是很多年前的事儿了!"营业员笑盈盈:"可那个节目我家都爱看啊,我爸爸一期不落地守着看,现在没了怪可惜的,而且我还记得那句广告语:相约星期六,有情就牵手!"

在冬日的阳光下走着,心里暖暖的。她说了那句"怪可惜的"余音袅袅,遗憾这个节目随着时间过去也慢慢地消失了。我们看着一些东西的消失,人和节目,这都是没有办法的事情。

但这个节目常常被人提起,有时是在商店里,营业员指着我:"你你你你!那个什么节目我看见过你的。"我真的难为情。营业员会继续说:"你编剧就从这里找灵感吧?"我说有一些是的。

很多的记忆,是不会消失的,或者总是记得的。

大约从 2006 年开始,我陆陆续续在《相约星期六》节目里担任过情感嘉宾,这里的故事很多,让我慢慢来说。

一

有一些记录，是在 2013 年左右的。比如，我会记录一些日常，有的是日记，有的是图片，也有的是朋友圈点滴。

"2013 年 11 月 16 日，有快三个月没有去《相约星期六》了，大家欢迎我的归来。""2014 年 3 月 8 日，妇女节撞上《相约星期六》的交友派对，单身男女外加上父母拖着儿女来相亲的，加上围观的，估计有上千人吧。""2014 年 8 月 10 日，40 度的高温天气，节目录像，来了那么多后援团，以至于节目组不得不在最前排用小板凳加了一排座位，真是现场人气比棚外的高温还更热烈。""2015 年 1 月 17 日，新年第一录，这次是新棚了。""2015 年 2 月 7 日，继续做《相约星期六》节目，一个 26 岁的男孩子说：等一个人等得越长，他们遇见后的幸福感也会更长。""2015 年 3 月 21 日，在新的棚录，这是第三个棚了，今天的女嘉宾是个老外，乌克兰女孩子，人高马大。朋友优优留言：外国女孩都找中国男人，那我们怎么办？""2015 年 4 月 18 日，我把演员方芳老师请到节目组，我们一起上了节目，当节目点评嘉宾。她对感情的透彻理解令人惊讶，但凡能对感情出口成章的人都活得明白。""2015 年 5 月 16 日，我继续录像，两个男孩因为女孩是短发而转身，女孩子说，喜欢长得漂亮的男人的手和小臂。""2016 年 1 月 16 日的收视率，当时的上海台考核指标：黄金 4+ 收视率 3.33%，占有率 11.09(30%)，全天占有率 9.1（10%）。""2016 年 7 月 17 日，录制的地方是上海多媒体产业化基地。这一期，有一男一女两个韩国嘉宾，要找中国的男朋友或者女朋友，而且还有几个嘉宾都是爸爸来助威。""2017 年 4 月 1 日，我在采访嘉宾。有嘉宾把自己做的布丁带来了现场，还是男嘉宾做的。他说要找一个比他年龄大的女人。嘉宾素材：女，双鱼座，1 米 57，职位是行政经理。她说要找'小鲜肉型，（文静，肤白），方向感好，在我下班的时候愿意来接我'。当问起为什么要来节目，她说第一，身边所有的闺蜜都找了另一半，周末找不到朋友；第二，自己拒绝办公室恋情，所以机会更小了；第三，自感上下班反差很大，上班严肃认真，下班活泼可爱，可以在相约的舞台上试试看。男，26 岁，做平面设计。他说：喜欢活泼开朗和自己一起做饭的女生。为什么上节目呢，第一，觉得自己不是个浪漫的人，上节目也许是浪漫的开始；第二，自己最大的缺点，不懂得拒绝，希望上节目可以修整自己。"

二

现在回溯，2006 年的我，为什么会去参加《相约星期六》节目？现在，当我跟节目组的制片人赵老师聊天的时候，也忍不住感叹当年的激情与热忱。制片人赵老师说，她希望有一个女嘉宾，可以站在社会学的角度去点评和分析，给走上爱情道路的年轻人一点建议。赵老师大概是觉得我比较温和，像这样相亲的节目还是和风细雨点好，而且我写家庭与婚姻，多多少少有点生活感悟。一晃多年过去，回望当年点点滴滴，还是有点不舍。

话说当年，我愉快地答应了赵老师上节目的邀请，而且这一干，就从 2006 年一直工作到了 2017 年。

我现在也觉得不可思议，当时哪有如此大的热情，而且也要付出极多的时间。因为一期录像需要 4 个小时，如果一天录两期，基本就是 8 个小时了。那究竟是什么吸引着我？

现在翻阅当时的采访笔记，我相信是那些可爱的家长和孩子们给我真诚和诚实吧。我记录了很多当时的资料与素材，我后来写《双城生活》还用上了一些细节……一个编剧，生活的积累、个人的阅历、读书以及思考、见闻和旅途，特别是对人对事感同身受的体验，这是必不可少的功课。而面对面，一直给我无穷无尽的灵感，没有什么比你看着对方的眼睛，听着他的呼吸更让人直接去理解的事情了。这也是我至今都觉得面对面采访采风有着无可替代的魅力吧。

《相约星期六》栏目开办于 1998 年，是上海电视荧屏在播最长寿的婚恋交友节目，收视率很高。有超过万余位嘉宾参加过节目。这么说吧,当时要求报名参加节目的电话一周可以接到上千个,可见其火热的程度吧。

我经历过节目在三个不同地方的录制场地。有东方路2000号一楼录影棚、2015年在浦东世博园附近的一个室内棚,后来在广中西路上的多媒体谷录影棚。

节目组先要对前来报名的嘉宾做个筛选,挑选出合适上电视的男女嘉宾。什么叫合适?当然他们是要有表达欲、有才艺、也有特点的人。当你打开电视看的时候,你会情不自禁对男女嘉宾的命运产生好奇,想知道他们究竟能不能牵手成功?成功以后能不能真的结婚?结婚以后会不会幸福?他们会有小孩吗?观众关注着人物的成长,也时时为他们的前途担忧,这就是节目的魅力了。因为你已经把自己的感情代入了,你会为他们而牵挂,这就是观众心理了。其实跟编写电视剧一个道理,如何吸引观众的注意力,让他们伴随着人物命运的成长,牵挂着你的牵挂,期待着你的期待。

我跟一个心理学老师搭档,通常是章老师。他很有趣,说话比较生动,不装,当主持人问我们的看法的时候,我俩一唱一和,他的口头禅是"要出大事啊",我呢,就是"相信《相约星期六》,相信爱情"。虽然有点苍白,但也是我的感受。

每次节目的开场前,我们跟主持人会在后台过一遍当天录像的嘉宾。为了确保节目的神秘感和效果,我们都不跟嘉宾见面,在节目进行过程中,观众看见的样子,也是我们看见的样子。这就比较真实,大家的反应都很自然。节目组也在尊重男女嘉宾的选择后,匹配上数量均等的异性,在双方互不相识的前提下,一一出场亮相。而后男女嘉宾会根据节目设置的一个一个关卡和互动来考验双方的默契程度,并一次次选择与磨合,直到找出最合心意的对象。

三

说实在,我在参加《相约星期六》节目前,对在众目睽睽之下宣布对异性一见钟情的事儿是持保留态度的。他们会不会有点"演"啊?特别是当众说出我喜欢你并且还要勇敢地上前拥抱那个人的情节,我真以为是戏剧设计,或者是编导安排的戏剧效果。

不少观众有我这样的想法,而且大家都觉得,相亲节目不秀怎么会有收视率?

那一天,来的5个男子都是复旦大学公共管理硕士在读,职业是公务员、记者,个个爱好运动,人人外形儒雅;那么5个女孩子的背景呢?大学毕业不说,一个是"海归",一个是央视主持人比赛的获奖者,还有两个姐妹花身高都是170,且都是30岁以下。所以,当音乐大作、灯光大亮时,10位男男女女站成一排，真是赏心悦目啊。那一天的节目下来，现场居然牵手了4对，我们真的颇有成就感，我的好朋友小蔡常常说：这是做美好的事情呢。

有一期我印象深刻。女孩子5号嘉宾，姓王，一上台，很稳当，长得也美，还做得一手好菜。她择偶的标准是"有责任心"。可那天不巧，她上场的时候，已经是最后一个了，选择她的男子也都被其他女嘉宾"牵手"了，现在场上只有孤零零的一位了，然后他俩就自然而然"配对"了。男子戴眼镜，29岁，各种条件也不错，说话还很真诚。主持人实话实说："我们的王小姐曾经有过一段很短的婚姻，但是她还是勇敢地上了我们的节目……"我敏感地再看看"眼镜"男生，他果然表现出了十分惊讶的样子。我心里咯噔一记，悬了。

接下来，他们做游戏，在地上"划船"，做出"百年修得同船渡"的味道，总之，还算默契。我再看女孩子，她高傲地抬起下巴，似乎已经从肢体语言或者"眼镜"的背后有了一丝心领神会。但她还是给了他空间的，对他礼貌地微笑，一直保持稳定的情绪。但总感觉哪儿哪儿不对了，或者说，她已经不喜欢这样的相亲了。

最后的牵手结果，"眼镜"男生果然没有选她，他选择了现场的另一位女孩。她昂着头，下巴抬得高高的，似乎料定如此。她下了节目跟我说，我勇敢地来到节目，我已经是对过往说再见了，他还是不能释怀，我庆幸我没有选择他。

这也是我觉得参与节目很有收获的原因吧，能听见他们的心声，能感受到短短四小时里人心的微妙变幻，也可以从中了解当下生活的片段。

还记得非常有趣的一次，在节目的上半场休息时，一个阿姨拉过我，说："王老师你帮我看看坐在你后面左边的那个人。"我张望着，没什么特别的男孩子啊，寻思阿姨是否在场下看中了哪个男孩子要介绍给女儿，谁知，阿姨拍拍我的肩，身体前仰后合地闪动，笑声咯咯咯地，双手一挥肩头的长波浪："是一个嘉宾的爸爸！我看上了。"

我目瞪口呆，节目结束后我拉住阿姨："你怎么知道人家也看上你了？你怎么让对方知道你是单身？"

阿姨一拍我的肩膀，眼梢妩媚得要死："开场我就盯着那个老头子看着，我露出了'我是单身我是单身'的表情，然后，他的目光就接住了，现在我要跟他去德大吃西餐了。"

四

2025 年 3 月，我去成都出差，我特地去了一下当地的人民公园，因为听说那里的相亲角十分有特点。那天下着小雨，本以为这样的天气应该会冷清一些，没有想到，公园的相亲角依旧人头攒动。男生女生的介绍分成不同颜色用 A4 纸大小的防雨塑胶片悬挂起来，最多上下挂了四排，远远望去，浩浩荡荡，真是爱如潮水啊。

介绍上面写着"人民公园相亲角征婚信息表"，男生是淡蓝色，女生是粉红色。蓝色的介绍有：优质男、出生年月、身高、户籍、婚姻状况、主要的自我介绍，以及他的性格阐述。他会表达对需要寻找的那一半的要求，比如，具体的年龄要求，品德要求；还有特别的备注，比如，有的会这样写："妖娆的贪图享受的女子拒扰。"

粉色女生的要求也是直奔主题，她们会要求：希望男人175 身高以上，男方父母最好有双保，原生家庭，等等。女生下面留的很多是家长的电话。

我也会去上海人民公园相亲角看个究竟。常常是我人往那里一站，就有人上前问："哪能讲？"我戴上口罩帽子，摆摆手：路过路过！

五

说起现在的相亲，很多年轻人跟我说，现在是更直接更便利、快如闪电。比如，有家长介绍相亲的、迅速拉群，双方家长特别积极,父母大人加孩子,迅速建起六人群。母亲会给群起名"幸福在眼前",然后忍不住叮咛:孩子们要多联系啊,多交流啊,如果合适我们请大家吃饭啦!孩子非常有礼貌,说放心,我们会私聊,群就解散吧。然后,孩子迅速退群,说时迟那时快,家长还没有反应过来,"幸福在眼前"已经成了明日黄花。

如果是朋友介绍相亲大都也是如此,迅速拉群,互相问候,然后迅速删除。

最近几年,托我给孩子们找对象的电话与微信明显下降。一来家长们也知道孩子有自己的世界,勉强不得;二来大家也明白凡事慢慢来吧,急什么呢。现在还急找不着对象,还是落伍了吧?

只是想起当年红红火火的《相约星期六》节目,在经过了时间的沉淀以后,更加觉得热忱与激情多么珍贵。当然,岁月在奔腾,时光在流逝,时代在变化,这个节目也提醒了我所经历的,不仅仅是一段小小的时光,也是人们爱的历史。

写字的人

2016年1月30日,上海第八届德艺双馨颁奖礼在上海影城举行。我有幸跟黄允老师一起在上海影城参加活动,那个时候,黄允老师穿了一件黑色呢子大衣,低调雅致,围一条黑白图案的围巾,十分诗意;她头发一丝不苟,目光温柔可亲。写字的人,互相对望一眼,已经知道各种辛苦与艰难。我诚实地跟黄老师说,我感觉创作好难啊。她笑着说:创作是很长久的事情,所以要保持良好的创作状态,而良好的状态也一定是要放轻松。

写到"穷途末路"的时候,如何"放轻松"真是个课题。最近几年,我的创作也陷入了瓶颈期,有一种欲言又止却又难以言尽的感觉。有些时候十分困扰,似乎往前走的每一步,都笔墨艰难。就像是鼻塞的那刻,嗡在鼻腔的沉重,却不是一个喷嚏可以解决;也宛如行进在上坡路,前方就是山,看上去是山,远处依旧是山,一直走一直走,还是没有看见蓝色的天际。

我找出关于黄允老师的经历。她1932年出生,1979年从事电视剧创作。从网络的资料看,她从事创作时已经是中年了。这还真的让我没有想到。一般来说,创作的激情、涌动的灵感、故事的鲜嫩和人物的特别,都是在人年轻的时候所有的感觉更加汹涌炽烈一些,而从 47 岁开始,如果没有力量和勇气,或者说,没有对人生独特的感受,创作几乎是无法完成的;但黄老师就是这样的,她创作的《上海一家人》《离婚前后》这些优秀的电视剧,构成了中国电视剧八九十年代的高峰。

再读黄允老师的一些创作路途,有些过程在今天看来都弥足珍贵。我看 2019 年的她的一个访谈,在回忆以前的创作难点时,黄允说:"找到上海人性格内在的东西,我花了很大功夫。"在写《上海一家人》那段时间,她到原来的南市区、闸北区旧里住下,每天和弄堂的妇女一起拣菜、洗衣服,感受她们节省一块肥皂的"做人家",也时常被"一家有难,百家来帮"的热心劲给温暖。去体验生活之前,黄允自诩事业型女性,感觉与市井生活里的家庭妇女是两个世界的人,"但一年过后,我和不少家庭妇女成了朋友,她们身上的可爱和闪光点、她们和生活都在不断启发着我"。在黄允看来,"电视剧作为大众化的艺术"就该拍些老百姓要看的故事。黄允老师说:"我希望自己的电视剧作能揭示人的内心世界,把人人都能见到、听到,或者亲身经历过、或者潜意识中存在过，却又没有在意的东西提炼出来，再通过电视荧屏展现在人们面前，使人们产生联想、感悟，产生激动、共鸣，重新审视自己。这就是我的艺术追求。"

只有真心从那个过程出来的人，才更加感受得到每一个爬坡的艰难与心酸。现在再看电视剧《上海一家人》，女主角知恩图报，集中国传统妇女美德于一身，惹得观众如此喜欢，多多少少写出了老百姓对真善美的向往与期待。我有一次写到崩溃时，我到虹井路的一家花市，多年来我一直在那里买花，老板认识我。那已经是黄昏，店里没有人。我坐在空旷的小店里，问老板，如果你看电视剧，你喜欢看什么样的人物命运？老板说到了《上海一家人》，他说，我喜欢看好人有好报的故事。

时光再回到 2016 年的 1 月，我至今难忘跟黄允老师的交流。我是这样理解的，长久的事情也是我们写作的人一辈子的事儿，是一种热爱、态度、追求乃至一生不懈的努力与奋斗，而每一次的写作，也是一种马拉松式的战斗，一部电视剧，几十集的篇幅，没有毅力与坚持是很难一直坚持下来的。我非常佩服黄允老师一生创作那么多那么好的作品，有一种旺盛的持久的生命力，我更佩服她一直乐观豁达的写作状态，也就是她说的保持良好的状态，这个状态，有生活，扎根最基层的生活，成为自己的呼吸，写出接地气有味道的生活台词。拥抱最炙热的百姓情感，细腻的、深沉的，倾吐百姓生活的甘与苦，同时又有极强的文学性，掩卷而思，回味良久，像一道光，照进平常的日子，也是希望的美好的日子，跟电视剧在一起的生活，我们生活的一部分。

此时此刻，是 2025 年的开始。外面格外的冷。我继续被剧本折磨，可是也有这样的艺术家一直用她的作品在鼓励着我们。她说："我敬畏我的笔，敬畏我所写的生活，不敢马虎；我热爱我笔下的人物、热爱他们，才会倾其所有浇灌他们的灵魂。"

那么多人睡不着

想起来已经遥远的事情……18 年前，我做过一个电台节目的嘉宾，节目叫《相伴到黎明》。我在这个节目当嘉宾，大概做了有一年多时间。

在上海生活的人基本都知道《相伴到黎明》。追溯一下子，1992 年上海东方广播电台成立，当年年底《相伴到黎明》节目闪亮登场。它是国内最早的深夜谈话类节目之一。

2007 年的一天，我接到了《相伴到黎明》节目制片人王华琴老师的电话，华琴邀请我参加这个节目……2025 年的 4 月，我对面的华琴说，当时节目的格局，是以主持人梦晓、万峰、晓林为主体，邀请众多电视节目主持人和娱乐文艺界人士为嘉宾主持的格局。每天晚上 11 点 30 分开始一直到凌晨 1 点，在电视台、电台、东方宽频网络同步播出。节目与电话那边都市里那些孤单、寂寞、需要沟通、抚慰和帮助的人群互动。

记得通常是周末去参加这个节目，晚上 9 点左右来到位于东方路 2000 号的电视台，华琴已在一楼等我，给我办进台的手续。华琴大眼睛，自然卷发，喜欢微笑，给人安全感。这样的安全感很重要，因为我即将要面对的人是看不见的人群，不知道他们的动机以及长相，不知道他们的状态，却要凭他们在电话中的表述，来作出判断，并给出直接的建议，或者不给什么，只是倾听与陪伴。所以当初这个节目叫"相伴"十分精准。你想想，三更半夜，打电话去倾诉或者告白，对他自己也是需要勇气的。

当时节目很火的人是万峰老师，他一上来就拍案而起，容易愤怒，然后掏心掏肺要拉你悬崖勒马；梦晓老师则温柔理性，知识面很广，温暖背后却有冷静的犀利，但又不失人间温暖。

当我随华琴来到办公室时，看见忙忙碌碌工作的人们还在热火朝天地加班。穿过了一大开间，华琴在她的工位边上告诉我最近观众热线的状况，情感类电话的分布，中年人居多还是年轻人增多，是反映婚姻关系还是反映亲情关系，这个大概率，多多少少反映了都市人夜间生活的状态。一会儿，时间到了 11 点，华琴带我进入了直播间。那是一个封闭很好的空间，我坐下，面前是设备与话筒，隔着玻璃窗可见导播与华琴，还有时钟。现在，导播示意即将开始，随着舒缓的音乐上来，晚上 11 点 30 分，我的思维会跳开房间，跃出大楼，涉过黄浦江，在静谧的上海夜晚的上空盘旋飞扬，我看见很多的星星如芝麻一粒一粒贴在深情的夜里，高架上徐徐移动的车流划出黄色的丝带……我深呼吸，开始工作，接听电话。

闪回。我当初爽快答应做节目嘉宾，当然是想更多地了解社会生活。如果一个晚上接 10 个电话，那么他们问的问题也代表着很多人群的困惑与焦虑。他们会提什么样的问题？他们需要听见什么样的建议？他们接下来会面临怎么样的选择？他们究竟为什么要打进电话来？是走投无路无以诉说还是游戏人间混沌生活？10 个电话总会有代表性的。这些电话与问题，多多少少也是当下矛盾的一个缩影，也可以这么说，是平常百姓生活的一个侧面轮廓。

那个时候，有一个电视剧给我印象很深，就是 1995 年赵宝刚导演的电视剧《东边日出西边雨》，伍宇娟演的人物就是夜间电台主持人。她显然是去体验过的，动作也好，台词也好，都很真实。所以，从这些"针头线脑"里，我答应做《相伴到黎明》节目，其实有很多的念想，体验生活，了解当下，同时也让自己的创作状态一直保持激情。

记得那一天的节目，我一共接了 9 通电话。

当你接听这些电话的时候，对方的声音或急促，或颤抖，或疙疙瘩瘩，或长吁短叹……甚至在沉默里，你能感受到他无边无际的孤单。你会感觉到的，如果那些是假的虚的或者是谎言及杜撰，你也能感觉到。夜深人静里的真实告白，会抖落出人性的一面，也只有在如此绵绵长夜，人心会展开隐秘的一角天地，轻轻倾诉。

当然，我有时也会一板一眼地帮着去分析，站在局外人、旁观者的角度，谈谈我的看法。我不觉得那是表面应付，说话也需要力气的，更何况要带上自己的人生经验去排忧解难了。世界庞大，我们却如此渺小，可是却因为一点点心事的铺陈，让另一个人有了感同身受的共鸣。将心比心是那个时期节目的特点。

这也是《相伴到黎明》一直存在的意义吧。那么多人在晚上睡不着，那么多人好奇别人的故事，也从别人的故事里，感觉到自己那丁点事儿真没什么了不起的，这么一比，就觉得自己还不算太差，还有希望。幸福是比较出来的。

我跟马尚龙老师一起搭档做过这个节目的嘉宾。马老师是个优秀又接地气的作家，他很善良，有着上海男人特有的细腻敏感，我们搭档得很好，我记录了我们一起接听的部分电话：

（1）外地的女人跟男人结婚生了两个孩子，女人突然发现丈夫有了外遇，与一个更年轻的女子也生了孩子，现在那个孩子已经两岁了，她万念俱灰。（2）一个女士打电话说，母亲去世不到3个月，父亲就再婚了，她非常痛苦。她说，哪怕父亲晚几年结婚女儿都可以体谅，现在母亲尸骨未寒，我心里更是冰寒至极。（3）女孩三度与男朋友分手，可每次都禁不住男朋友的"爱"，感觉自己像一粒棋子，进退全由他掌握。她为此非常苦恼，也许是自己不想离开他，几度分手几度复合……

每一个故事都有比电视剧更极致的情节，要不是电话那头的真人倾诉，真以为是电视剧情节。每次做完节目，我还不能那么利落地走出人物状态，挥之不去的都是刚刚节目上的电话。

下节目已是凌晨1点以后，我开车跟马老师同路。一路上，我们聊着那些电话，分析着对方情绪，也想着他们的未来会作怎么样的选择。凌晨的上海，天空不时地飘着小雨，空气湿润且清冽。车开过延安路隧道时，出口一节被拦了起来，我们看见工人在那里洗刷墙壁；徐家汇路口，有两辆出租车相撞，警车停在那里，警灯拼命闪动……这是我们白天没有见到的另一种故事，这样的实际与琐碎，忙乱与辛劳，令你觉到真实生活更不易。那些徘徊在情感曲里拐弯里的人们，在辽阔的世界面前，只有辛劳与勤勉以及孜孜不倦的努力，才能让人忘却忧伤与烦恼。

如今，我跟王华琴、梦晓以及作家马尚龙见面时对当年的工作情谊唏嘘不已。梦晓继续坚持做这个节目，马尚龙老师继续创作。有一次，我去参加马老师的新书发布，在淮海路上的三联书店，来的朋友很多是他的老邻居，这让我十分感动。华琴已经当外婆了，常常看见她在朋友圈晒外孙女的照片，照片上的她，知足宁静，温暖亲切。

现在的我，偶尔会听听、看看视频里那些情感节目，对那些一直跟你讲人生金句的节目，我内心是保持着距离的；而对接听热线的直播节目，更多的是反映家庭教育、职场与个人发展，情感问题反而少了些话题。社会在发展，我们接收各种讯息和节目的机会，过去简直不能与之相比，可人心依旧容易"闷"，有的人喜欢把心关在门里，他们不希望被人打扰；也有人喜欢倾吐出来，最好大家再敲打敲打……原来，那么多人睡不着啊。

在每一个万籁俱寂夜深人静的时分，人们听着节目，数着大脑里飞驰而去的羊群，看着从深邃暗黑转换到灰褐蟹青的天色，迷迷糊糊听着窸窸窣窣安慰的声音……新的一天又在车轮滚滚里开始了，阳光照耀大地，青草散发绿色，无论如何，那都是新的、有希望的一天……

睡不着先睡不着吧，总会好起来的。

一起走过春秋冬夏

初冬的上海，街道上滚动着焦黄的叶子，它们随着风儿摇动身体，在街道一角拥抱一团，此时此刻的天空渐渐变暗，远处的公寓里灯光一盏盏明亮起来，蓝色车身的公交车叮叮当当驶过，楼道里混合着红烧带鱼和糖醋里脊的气味，城市中的一天最温暖最漫长的夜晚悄悄降临。

2024 年 11 月 18 日，学生鲁琦带着她的小张，请我们上海的小伙伴吃饭，大家围炉夜话，十分感叹，我们在一起不知不觉过去了 13 年。13 年，人生已多改变，团队里的人，有的回到足球场上继续叱咤；有的携家带口去了异国他乡；有的兢兢业业结婚生子；还有的云游四海追求诗与远方；当然也有像我和鲁琦这般继续辛苦笔耕的人……13 年，人生如有改变早就改变，不变的话，也会心安理得守住从前。

这时，摄影师阿迪江突然问，你们猜猜，《我家的春秋冬夏》最难的是哪一场戏？这一问，还把大家给问住了。

《我家的春秋冬夏》是一部关于养老题材的原创电视剧，爸爸秦有天在步入老年以后爱上了保姆马瑙，遭到子女的反对。历经坎坷，有情人终成眷属。现在看看，这个题材依旧是反映现实问题，特别是社会老龄化以后，如何反映老年人的生活与感情，也是个课题。

当时我们在上海拍摄，杨立新老师扮演秦有天，闫学晶老师扮演马瑙。导演夏晓昀，摄影阿迪江。现在阿迪江问了拍摄的哪一场戏最难的时候，我举手抢话说。我说应该是拍外滩倒计时灯光秀的那场大戏吧，事先完全无法彩排，全靠大家默契与演员发挥。

2012年12月31日的晚上，那天冷到骨子里。因为要在露天拍摄，大家把暖宝宝从头贴到脚。我们从安静的停车场往外走，因为剧组有60多个人，可是申请到进入内场的许可证只有20余张。大家都知道，这个镜头只能成功不能失败，也无法重拍。而且，想想也壮观，当时有20多万群众聚集外滩，那么多的群众成为你电视剧的背景，真是千载难逢。

当我们走出停车场的斜坡时，已经感受到热烈浓郁的氛围了。扑面而来的是外滩灿烂绚丽像闪电般的灯光……剧组这场戏，需要秦有天与马瑙在新年倒计时时拥抱在一起。导演想，两位老师都是艺术家，也不能一定说要他们如何如何拥抱，就提示一下，感情都到那个份上了，就自然发挥啦。

那个时候黄浦江水波光粼粼，五彩斑斓的灯光在建筑上打出神奇的光彩，随着新年倒计时的到来，人山人海的欢呼声此起彼伏……导演他们挤在人山人海里，当无数的人一起欢呼五四三二一时，镜头抓住了两位老师在戏里情不自禁的热情表达，剧中的男女主人公拥抱在了一起，眼泪在眼里打转，导演大叫一声："杨老师闫老师太好了！"那是 2013 年的新年，"新年快乐"字样出现的时候，那个欢呼与画面也被我们的剧组拍摄到了，这也成为非常珍贵的镜头与资料。

回到现实，夏晓昀导演得意洋洋地摇摇头，不是那场戏！那场戏是难，但不是最难的！

鲁琦说，应该是南京路步行街那场吧？

步行街的那场戏虽然是过场戏，但是重在表现男女主人公的心情与状态，需要他们是放松的、惬意的、又自然的。导演组决定抓拍或者跟拍。于是，剧组把机器藏在包里，随着人潮的涌动，紧跟杨立新老师跟闫学晶老师。后来看全片时，镜头下的演员，非常非常的自然，根本感觉不到那是在拍戏。生活流的电视剧，更考验演员。

夏导继续摇头，不是。突然，根根一拍桌子，叫了起来："我明白了！是火车站那场！"

上海南站。剧本里的那场戏，是男女主人公不得不分手的场景。剧本没有台词，却要表现人与人难舍的感情。所以说电视剧一定是团队的作品，剧本里并没有写彼此说舍不得或者不想离开的台词，导演组用一组镜头语言来表达万千情愫与依依不舍。画面是这样的，闫学晶老师扮演的马瑙在火车站，忍不住回头，她在等待杨立新老师扮演的秦有天来阻止自己的离开，可是一步三回头却没有见到秦有天的身影，马瑙只能上了火车。此时此刻，秦有天冲进了火车站站台，火车启动了，火车开了起来，秦有天追着火车车厢跑着，他是多么不甘心啊，他一边寻找着人影一边急切地表达思念，另一边却无法控制火车决绝地远去。他眼巴巴地看着火车远去，他失落至极，眼泪在眼眶里打转，此时此刻，主题歌响起，毛阿敏演唱的《今生有你》抒情的旋律恰到好处地缓缓涌了上来，整个站台充满了伤感，天空暗沉，铁轨闪着灰色的光芒，渐渐消失的远方……秦有天回身，然后，他的表情一层一层的，不敢相信、难道？怎么可能？或者？难道我花了眼睛吗？到底怎么了？原来你还在这里？

此时此刻，长长的站台上，站着深情凝望着他的马瑙！

两个人慢慢走近对方，机器摇起来，给了一个长镜头，两个人成为小小的一团，成为最最温暖的两个人。

阿迪江说，这是难度很高的一场戏。火车不等人，没有办法重新来过，当然也可以重来，但是等下一趟火车的时候，光影就不对了。导演说，这场戏对演员的要求很高，特别是杨立新老师，既要表达心情，又要跟上脚步，既要观察动静，又要流露失望与急切的情绪……杨立新老师说，有过舞台经验的演员，会在一个空间里去表达复杂的环境、人物构成、情绪、变幻等，这也许是多年表演习惯的一个养成吧。

从此以后，剧组的人常常欢聚在一起。谁拍了戏，大家会去观摩，提意见说想法；谁要到了上海，大家在街边小馆请他们吃饭；谁要启程离开上海，大家会相约给他欢送。每次在相聚的时候，大家也不忘说上几段当年的插曲……

记得拍摄的时候，我们在松江搭了一个室内的棚，对门有间小餐厅，上面写着"小炒，米面"。杨立新老师就买了一桶菜油给人送去，说："用你的菜，我买的油！"小老板"哎哎"地快乐回应着，炒的小菜只只精彩。晚上收工后，我们从小饭店里打包了饭和菜，然后一起涌到剪辑老师的屋子里，看白天拍摄的回放。杨立新老师说："现在看回放不是看自己，而是看对手，可以一起总结拍得更好。"导演"哦哦"地看着，脸几乎都要贴到电脑上了，他回头，眼珠子要掉出来了："杨老师闫老师你们演得太好了！"闫学晶大叫一句："不！我明天还要拍一条！要拍得更好！"

第二天，闫学晶重拍她的戏，有一句台词是："你们的心是冰也该融化了！"结果实拍的时候，她的东北话带了出来，将"冰"字的重心念成了第二声，现场忍不住笑场，从此以后，我们看见闫学晶老师就打趣："是冰！"

2022年8月，东方影视频道播出了沪语版的《我家的春秋冬夏》，大家截屏互相发送，十分感叹。电话那头，是闫学晶老师爽爽朗朗的笑声："冰啊！"

2012年至今，我们一起拍摄了电视剧《生活启示录》《大好时光》《国民大生活》。2014年，我们将电视剧《我家的春秋冬夏》带到美国纽约，在"海派电视剧展映"上深受欢迎。2017年，《大好时光》日语版在日本长崎电视台播出，因为播出时间是每天下午，一些家庭主妇就守在电视机边，如果因为外出错过了收看时间，她们就会提前录下来。一个华侨告诉我，他多年没有来上海，从电视剧里看见上海的美景，感动得热泪盈眶。2017年，《生活启示录》翻译成蒙古语后在蒙古国家电视台播出，连续20天创下收视冠军。2018年《国民大生活》也被翻译成蒙古语在蒙古国播放。

细数我们的十多年，很多人生大事一起经历。2014年1月11日，在拍摄《生活启示录》时，摄影师阿迪江与演员洛葳结婚了。我有幸成为他们的证婚人。在我们整个剧组的见证下，阿迪江对洛葳说："我会用生命来爱你。"2024年8月10日，我作为见证人,在鲁琦与小张的婚礼上送去剧组的祝福。

此时此刻,耳边响起毛阿敏演唱的《我家的春秋冬夏》主题歌《今生有你》,歌中唱道:"风,就这样吹过……我要你好好地生活,我要你快乐也有很多……"

走过春秋冬夏,那么多年一起过来,真的很感恩。

2019 年的难忘记忆

一

2019 年的 10 月 1 日早晨 6 点 30 分,载着我们的大巴从北京铁道大厦出发。透过车玻璃窗,远远看见一轮朝阳浮动天际,如此安宁、平静、温暖又柔和;街边晨练的北京大爷北京大妈朝我们的车挥手、这,注定是一个难忘的记忆深刻的日子。

大巴上已经小小沸腾起来了,这一车子的人,有"时代楷模"和"最美人物",左右座位上的大伙儿,互相帮忙着,看看你的绶带有没有别好,他胸前的奖章戴得整不整齐。边上还有人正跟家人在视频、他乐不可支,视频那头的家人再三提醒:一定要多拍点照片,多点录像啊。我前排座位的人扭过头来:"嘿老师,赶紧省着点电池,一会儿不够用呢!"

我们的大巴车停在民政部附近。一下车,喜气洋洋的大家像被点燃了似的兴奋,忙不迭地在车前留影,在路牌边留念。有人叫了起来:"嘿,邓亚萍!"边上的人接着叫了:"你看你看,鞠萍姐姐!"大家有点不好意思了,可明星们个个落落大方、主动跟大伙儿合影,气氛欢快喜悦。我发现,女士们穿红衣的居多,我也特地为了参加观礼准备了红色的裙子;边上的男士们都打领带、穿西服，皮鞋擦得锃亮，有的着中装格外神气，关键头发一丝不苟，脸上露出喜悦与憧憬希望，人逢喜事精神爽，一点没错。特别是不少穿着少数民族衣服的姑娘们，个个漂亮，人人美丽。

二

当我们走近天安门广场的时候，往事的大门一点一点打开。我在大学毕业那一年，才第一次近距离地来到天安门广场。那是1986年的8月，晚上，微凉，我从阜成门骑自行车过来，远远看见天安门广场，比画更壮美，比大海更辽阔。90年代，我编剧的电影《青春作证》上映，在银幕上，我看见了天安门广场的画面，男主角踏着滑板，飞一般在广场上起舞，那个镜头居然让我热泪盈眶……我的好朋友小珂20年前还是一个高中生，她说她也参加过国庆庆典，她和西城区的学生们翻着背景板，一生难忘。"我们半夜就到学校集合，步行到广场，特别兴奋"……嗯，有些经历注定永远铭记。此时此刻，我站在天安门广场，幸运自己可以这样近距离地看这一切，更没有想到自己可以作为观礼嘉宾的一员来到这里。

现在，天安门广场就在眼前，边上的嘉宾观礼台已经成了欢乐的海洋，面前是一望无际的长安街，此景此情、永远难忘。

三

打开"庆祝中华人民共和国成立 70 周年大会 1949—2019"的请柬，请柬的左边写着每一个人的座位号，我的座位东临观礼台，2 区 2 台 3 排 59 座，还没有坐下，就遇见一些可爱的老师和朋友。有书法家孙晓云，我们曾经一起参加中国文联十九大宣讲团，去了上海、广东和贵州，沿途处处可以看见孙老师德艺双馨的大家风范；特别是到了贵州，我们宣讲以后，有一些爱好书法的小朋友涌过来，希望可以看看孙老师挥毫泼墨的样子。孙老师一看到小朋友的笑脸，马上铺上宣纸，拿起毛笔，洋洋洒洒，给孩子们示范，围观的小朋友那个激动的笑脸记忆犹新。

入座前，遇见了跟我合作过电视剧《岁月如金》的演员颜丙燕。颜丙燕穿着粉红连衣裙、白色小外套，又漂亮又优雅。此时此刻，我俩激动得跟个孩子一样，一人一面国旗，早早地就挥在手里。刚刚要入座，一边负责健康保健的一个穿白大褂的医生悄悄问我，您认识那个老师吗？我看他像大名鼎鼎的葛均波院士，我好想跟他合影。我试探着上前跟葛院士说了有人要跟他合影的请求，葛院士谦逊低调，非常热情地招呼那个医生过来一起合影，医生忍不住对葛院士赞美："您可是我们的偶像啊！"

后来，那个医生也跟我交换了微信，他姓杨，是北京一个不错的内科医生，我们因为观礼而相遇，又因为葛院士而相识，真是不错的相逢。

入座以后，我边上坐着的是上海徐汇区凌云街道社区的尚老师和上海交大的汪老师，他们都是"最美人物"。尚老师穿着玫红色西服上装，头发吹得高高的；汪老师一袭深色西装，蓝色星点领带，潇洒又干练。我们互相拍着视频，激动之情溢于言表。当时间渐渐接近上午9点30分时，全场安静极了，大家静静等待，等待那个难忘的时刻的到来。

四

2019年10月1日10时整，庆祝中华人民共和国成立70周年大会开始，礼炮鸣响，国旗升起，国歌嘹亮。阅兵开始，全场安静极了，空气似乎也凝固了，我们屏住呼吸，听得见心跳！

阅兵队伍从我们的眼前一一经过，我想起我的父亲，他参加过抗日战争、解放战争、抗美援朝，立过很多功，父亲要是健在该有多好！当女兵方阵经过的时候，我想起了自己当兵的岁月，14年军旅生活让我永远难忘，在部队我度过了最难忘的青春时光。此时此刻，看着迈着矫健步伐的女兵，真有青春无悔的感动。

五

上午的庆祝大会圆满成功后，我们搭大巴回到铁道宾馆已经是下午 2 点 30 分了，我赶紧回房间给手机充电，下午 4 点要再出发去广场参加晚上的联欢活动。我们的请帖正面写着"庆祝中华人民共和国成立 70 周年联欢晚会"，请帖的上方还有焰火的图案，打开，里面写道："每柬一人 请勿转让 提前 30 分钟入场完毕 凭柬上东临观礼台 2 区 2 台 2 排 035 号"。5 点多我们就到了天安门广场，很快找到座位，只见每一个座位上放着一个发的环保包，里面有一面国旗、水和一包装有红心、五星红旗、"70 周年"和"1949—2019"字样的四个图案的贴纸。

晚上我换了一身宝蓝色的连衣裙，贴了一面国旗在脸上，此刻的心情已经是轻松而明快。广场渐渐入夜的天空，浩瀚无垠，面前已经是联欢的观众，身后是庄严的天安门广场，每一个人的脸上都充满了热情与欢乐。我知道，这将是我记忆深处的难忘时刻，我会一直珍藏。

新手上路

我是 2020 年开始学习拍摄小视频的，拍一会儿，停一会儿，想着就是学习学习，瞬息万变时代，你至少要会一点点。于是我拿着手机对着红烧肉拍啊拍，尽量拍出红烧肉那种油光锃亮的质感以及肥瘦之间颤巍抖晃的动感。我把素材发给好朋友叶静，她是我学习拍摄小视频的老师。她说："你想当美食博主？"我说当然不是。叶老师说："那你对着红烧肉拍有什么意义呢？拍什么都要有故事性，记住，不是那块肉的故事，是肉背后人的故事。"

2021 年春节的时候，我拍了花市、菜市、超市，与文字的一五一十不一样，拍摄视频素材的画面与细微的细节对话，是我平时光用写或者记录很难真实还原的。比如，我先生很爱逛菜市场的蛋饺摊，我就跟在他身后去拍摄。先生站在摊位前，我无意中拍到卖蛋饺的阿姨坐在那里，镜头里的她拿着"老头乐"在自己后背抓啊抓啊，左抓抓右抓抓，看得你自己的背脊上仿佛也有蚂蚁在蠢蠢欲动。先生说我要称一盒蛋饺，阿姨很自然地将"老头乐"就放蛋饺馅旁，没有洗手，直接抓边上已经包好的蛋饺放入塑料盒里称起来……回家，我把视频给我先生看，他很抱怨："你为什么要给我看？"我想了想，如果当时我不用视频拍，我的注意力应该不会在那个"老头乐"上面吧？所以，镜头有语言到不了的地方。

又一天，我去我家附近的大饼油条店。我在等一锅新的大饼出炉，就坐在店里跟老板侃起来。老板很不高兴，因为他正在为老乡结婚的彩礼数额犯愁，我一听，觉得有戏啊，正好当素材储备。我问他可以拍吗？他说你拍就是。我问他老家如今的彩礼行情，他痛心疾首地说："50 万哇！现在我们那里的男孩，娶个媳妇，起步价，要 50 万哇！"镜头这个时候晃动了，真是被吓着，听了这个数字真要晃一下的，很理解老板的不高兴。

这些画面对白都现场逼真，有人物有细节有台词，简直就是一个小短剧了。我很快学习了剪辑，配音，自我鼓励：人要保持好奇心，要有与时俱进的学习能力。

所以，在 2021 年 2 月 23 日，在沪全国政协委员跟沪上媒体的见面会上得知，因为当时工作需要，很多记者不能亲临两会现场，所以希望我们委员可以多多传递两会精神，展现委员风采，也介绍委员提案。我想，那就新手上路吧。

2021 年 3 月 3 日我们从上海出发的时候，已经有委员拿着自拍杆在工作了，等我手忙脚乱在找自拍杆时，大巴已经开动了，我是慢了一步。我放弃了自拍杆，拿起手机拍着笑容温暖的委员，他们挥手、微笑，对大会的召开充满了期待。大巴上，我遇到了葛均波委员，我赶紧问他参加大会有何感想？他很真诚地说为健康中国建设努力的一些构想与关注的方向。我当时有点小激动，因为能采访到葛委员很不容易啊！飞机上，我们放行李时，朱同玉委员从我身边经过，我拉住他问，朱委员您今年几个提案？朱同玉伸出手来，一只大手占满画面："四个！"朱委员那个表情实在太生动了。

起飞前，我把素材传给了《新民晚报》的马老师，马老师说你就给我们《新民晚报》独家吧！当我到达北京以后，《新民晚报》"上海时刻"发布了我拍的视频，很快，《新民晚报》上"丽萍在两会"的专栏也开了起来。这下，我紧张了，这可含糊不得啊！我吓得不敢睡觉，掐着自己算：怎么样开好会、履好职、提好案，然后再拍好视频？我决定早上少睡一个小时晚上再迟睡两个小时，这样就多了三个小时，应该可以试试看。

从3月3日到3月10日，我一共做了12期视频，被包括中央电视台在内的多家电视台和媒体采用。3月3日晚上，我跟奚美娟老师有一份联名提案："丰富和规范在线公共文化内容供给迫在眉睫"，我俩打算送到提案组去，因为我们之前在上海的时候，已经将提案打印好了。我打电话到B楼0441

房间提案组，询问了我们可以不可以书面提案？回答是当然可以。我跟奚老师就从 A 楼下来，就在从 A 楼到 B 楼的大厅里，我拿出手机拍摄了动态的奚老师，因为那也是我第一次"跟拍"，我们都有点兴奋与害羞，还有新手上路的懵懵懂懂与跌跌撞撞。随后我们来到了 0441 房间提案组，里面已经有不少前来递交书面提案的委员，我们站了一会儿。工作人员问，有事儿吗？奚老师说，我们来交书面提案。工作人员说，等会儿啊……我们就站着等了一会儿，这些都被我记录了下来，也成为后来观众了解委员工作的一个视角。过了一会儿，工作人员给我们递上书面的提案表格，我们填写，签名，递交完成。

我俩从 B 楼下来走向 A 楼的时候，都有点小兴奋，是完成了一个工作之后的舒心与踏实。可我总觉得还不够，我拉住奚老师，请她再说几句关于这个提案的建议与意义，这样，一个视频就完整了。奚老师有感而发，话语朴素简练，也让这个"深夜我们递交提案"的视频采访有了完整的内容。工作完成，已经子夜，我回到屋里，拍摄了此时此刻的北京夜色，灯火璀璨，车流滚滚，天空深邃，远方安好。

这几年的三八妇女节我们都是在会议上度过的。因而录一些委员对节日的祝福也成为我额外的工作。那次我在餐厅门口遇上宗庸卓玛委员，她说，我在上海音乐学院读书的时候，最喜欢看《新民晚报》，听说我要给晚报录制这个视频，她说等等，立刻奔进卫生间梳理头发，漂漂亮亮出现在镜头里，还开口唱起她在央视春晚上唱的那首经典歌曲《唱支山歌给党听》，歌声悠扬，人美心善。冯远征老师每年都给姐妹们录节日祝福。每一次，冯远征老师都会说：多录两遍，你可以选择好的那条。

我也拍了长安街，拍了人民大会堂，拍了天安门广场，拍了给大会服务列队举牌等在那里的大会服务员……

在经历了视频拍摄的过程后，我会更沉浸于一笔一划的文字天地。拍摄素材的确带给人现场感与画面感，但也因为匆匆忙忙，往往会忽略或者冲淡你去了解更多背后故事的耐心。小视频图的就是快，稍纵即逝，而文字世界却有着一笔一划慢慢生长的逻辑与起伏。有点像你跟树的关系，树的那些枝干、叶子、根须、皮肤、筋脉、青苔、飞鸟、爬虫、泥土，那些树梢上闪动的阳光，渐渐变暗的肌理，以及你跟它漫长细微的浮想联翩的感情，这些是短视频镜头里完成不了的表达，需要时间，需要精雕细琢。

所以，对拍摄视频来说，我是新手。在每写一篇文章的时候，但愿也有这样新手上路的紧张与兴奋吧。

没完没了的故事

前几年，我找钟点工的时候，认识了一位中介老师，她主营的业务就是介绍家政服务员。从那以后，隔三差五，我在朋友圈里看她发的各种找保姆、找阿姨的文案，字里行间，当下生活一览无余。我一字不落，看个究竟。

2025年4月她发的文案是："找阿姨，每天遛狗2小时，主人有洁癖，要求阿姨48岁以内，人要清爽。"

这个应该还好，我粘贴给朋友看，大家各自表白：万一丢了工作，怎么也可以凭个本事做份家政工作，遛狗OK，对方洁癖问题也不大，家政工作是你无师自通的技能。

不过，有的文案出来，一看，心里咔嚓一记。比如："要给某先生做康复，需要阿姨会做饭，有力气，阿姨个人事情少，不要打呼噜，两年左右不要回老家。"

这就比较难了吧，两年不回老家，要求严苛了，保姆和阿姨也要挑人家的。

有一天，看见中介老师贴出的小文案，说了些东家的情况：家里两个老人现在比较排斥阿姨，子女要求阿姨有方法、有耐心、能用自己的工作方法说服老人；日常工作除烧饭做菜保洁等事务外，还要陪老人唱唱歌，做做康复运动，监督老人吃药等事宜。同时要求阿姨"可以住在老人家里，但是条件比较艰苦，要用一张小床睡在老人房间的阳台上"。

真不容易！谁都想找到神仙阿姨、金牌保姆，可现实与希望的距离，隔着万水千山。找阿姨找保姆的事儿每个家庭都有一部电视剧。今天的世界日新月异，可找保姆找阿姨这个事儿吧，仍是家家户户的重要事务。

现在，在街道路口走走停停，街边房子门口，红底黄字写着"找保姆钟点工请进"几个大字，走进去，坐着衣着干净的阿姨们，见人进来，立刻起身，充满期待地看着你，老板则坐在写字桌的后边看手机，瞥一眼你，道："中介费200，先付钱。"当然，还有一些高端点的家政服务则开在商务楼里，项目繁多，称谓丰富：居家阿姨，老人陪护，儿童陪伴，做饭阿姨，月嫂，护工，接送小孩，家庭护理员……中介费也不便宜。

2007年，我编剧的电视剧《保姆》播出。《保姆》的剧情是：一个很阳光的女人（陶虹扮演），被男人抛弃后阴差阳错当上保姆，一路上遇到形形色色的人家，在跟人的交往、冲撞、磕碰中，建立起自己的尊严、自信，最后赢得了客户（奚美娟扮演）的敬重和欢迎，也找到了自己的事业与爱情。

根据当时的 AC—尼尔森统计，《保姆》收视率在上海地区达 12.5%，在成都达 6.84%，在 BTV—4 影视频道，首播之日就创 7.5%。东方网新闻说："《保姆》拍得十分精致，陶虹、奚美娟扮演的保姆、东家质朴无华，许多语言都来自实际生活，让许多观众看到了自己的影子。春节期间，许多保姆都回家乡过年去了，上海观众通过荧屏回味着自己与保姆的相处。"

这个戏很接地气。我至今都这样以为，大江大河的电视题材固然伟岸浩瀚，可寻常百姓的粗茶淡饭也是主旋律之一，一日三餐家长里短，细水长流生活角落，都是家庭观众喜欢看的东西。

有一年中秋节前，一位男士跟我说，他要去兑取月饼。那个时候很多单位会在中秋节前发放月饼券，月饼券上印着嫦娥奔月的图案，喜气洋洋，十分欢悦。我问："你吃得掉？"他连连摆手："不不不，我拿好月饼就到邮局，把月饼寄给我家阿姨的老家。"我说你也太操心了吧？他语重心长："这不是操心，这是为了让阿姨安心在我家工作。你送阿姨月饼票不稀奇，可如果你替阿姨把月饼票兑取了月饼、再帮她寄回老家，那阿姨会非常非常感动，也非常有面子，就会更安心在你家工作了。我家已经换了无数阿姨了，现在这个不错，一定要留住她。"

当一个男人开口闭口在聊如何留住阿姨保姆的时候，证明这个问题已经成为社会现象，也肯定是百姓大众都关心的热点了。

这大概是我当初写《保姆》的动机吧，大众都关心的问题是值得书写的。当然，这个题材不容易写，关键是立场。人跟人之间的关系，都是极其微妙的，更何况是跟你朝夕相处的阿姨保姆的关系。她不是你的家人，却对你的一切了如指掌；你希望她对你真心真意，可往往事与愿违；你希望她对你家里的一切守口如瓶，可谁知道背后会不会将你家的是非八卦一五一十搬给老乡或室友？

我采访了很多阿姨，很多阿姨直言告之：谁会心甘情愿当保姆？我希望以此作为跳板，寻找新的机会。

所以，那个时期写的《保姆》，我尽可能保持一个客观的立场，写着写着，感觉归根结底，还是人与人在建立关系中，慢慢培养的信任与依赖。人的脆弱与疼痛，人的困境与坚强。大千世界，人与人彼此的关怀、支撑、帮助与情谊还是很珍贵的。

我很幸运，跟不同阿姨相处的时间还算长久。我非常喜欢的一个阿姨叫小雪，她1987年出生，河南人。她之前在台湾人家做过，后来那家人家去了美国，也想带她过去，可她婉拒了，因为家中还有老人小孩。她刚来我家工作时，带着一口台湾腔，说话一口一个"我有听到""明白，我会注意哎"；喂我家的猫咪时，她自编了小曲唱吟："吃饭啦、吃饭啦、大饼吃饭啦。"现在，我们呼唤猫咪吃饭，依旧唱着那个调调。可惜，她因家庭原因必须回老家照顾孩子。现在每年大年三十，她都会发微信祝福我们新年。我好几次希望她再回来，她说，"王老师，我要照顾小孩子哎。"嗯，明白。

我婆家曾经请过一个住家阿姨，张口就是一排大金牙，金牙并不发亮，却十分豪迈。孩子们会在背后窃窃私语，是24K纯金吗？还是镶金？说这话的时候，她已经冷冷地站在孩子们的身后了，她猛然发话，你们说谁坏话呢？孩子们"哇"地跑开，她则站在后院哈哈大笑，露出一口大金牙。

这个阿姨吧，在我婆家干的时间不大长。除了孩子们都怕她以外，她每天晚饭后就要出去跳广场舞。这当然无可厚非，问题是我们的晚饭还没有吃完，她就开始催起来：快点快点！我婆婆不高兴了，说我们还没有吃完呢。她就非常急的样子。老爷子刚刚放下碗筷，她已经三下两下把桌子给收了，一边望着墙上挂钟，一边手忙脚乱地将碗筷堆在水池里，慌不择路地换好衣裙，扔下一堆家务就闪出门外了。我婆婆说，这哪像做事的样子么。我看着一地狼藉的厨房，忍不住数落，这算什么呢？

这样的傍晚，一开始是每周去跳舞，后来是天天去跳了，她还使劲地打扮，涂上艳丽的口红，长裙，头发披下来，水池里堆着碗筷她说我回来洗……每次婆婆跟我看着她像一只花蝴蝶一般飞走，总担心她招惹什么人回来。两个小时后，阿姨兴高采烈地回来，不一会儿，厨房后的水池边传来哗啦啦啦的声响，我跟婆婆走过去，碗筷啥的匆匆忙忙洗好，她就在洗碗的水池里洗头，弄得满地是水，长头发零零散散落在厨房的地板上。阿姨压低嗓子跟我说，有男人为她争风吃醋。

后来，当然请不起这个阿姨了。现在我回婆家，跟孩子的大姑二姑说起这段的时候，总能回忆起大金牙阿姨眉飞色舞的样子……但凡她当时家务做得好一些，我们也不会那么生气吧。

时光飞逝，现在各家各户对阿姨的需求也越来越急切。常常有人发微信求助："在线等，急求钟点工阿姨帮忙！"或者："家中阿姨靠谱实在，每天下午有两小时空当，可为小区居民服务，私聊。"

前年过年，我家阿姨回家了，我不得已从某平台约了三小时上门打扫的阿姨。阿姨准时到达，她全副武装，一身迷彩，看得我一愣一愣，真以为她走错了人家。一进门她就干活了，看得出利落专业。在厨房里她擦着油烟机道："你家一般，抹布太少，看人厨房有几条抹布，就看出他家品位。"我说是是是，你赶紧干活吧。她一边拖地一边指点："你家的吸尘器是第二代的，现在已经第五代了。"我哦哦哦，无力争辩。她继续道，刚刚做的上一户人家用的洗衣液是进口的，讲究的人会去进口超市买。

这个阿姨有点意思吧，见多识广，还愿意分享，更是快人快语，相当自信，是个有特点的人物。我们就聊了起来，她说她最多一天做三家，她上一家觉得她手脚麻利干活利索，就跳开平台直接请她了，她的两个客户都是跳开平台直接找的她。阿姨口口相传的使用率比较高。每个月她有13000元左右的收入，逢年过节她不回老家，因为工资会加倍。她的孩子已经上了大学，她赚钱的动力是要给儿子以后留点钱。我说你做钟点工赚的钱，怎么够儿子娶媳妇呢？她说所以啊，她现在不停地教导儿子，先跟女孩子把孩子搞定，有了孩子说不定就省下了彩礼的钱。

酸甜苦辣，人生百态。关于阿姨，关于保姆，这样的题材源远流长，这样的故事也没完没了。好朋友叶静近几年视频号特别火，她有一期说：我要居家养老，真的老了，将来买个"家庭服务型机器人"……这个愿望多么美好，科技改天换地，可人多难弄啊，机器真的可以搞定一切？

十年

2024年9月的一天，我在丹东一次活动上遇见了吴奇隆，他含笑说："好久不见！"我回忆了一下，我们是在2014年上海电视节白玉兰电视论坛上认识的。我是那场论坛的主持人，一起参加论坛的还有演员方芳老师，以及导演阎建钢。那场论坛的题目是《论电视人的自我修养》。

一晃整整十年。十年以后，我们依旧是朋友，真的感叹啊。此时此刻，大家回忆起当年论坛的字字句句，倾诉着对上海电视节的点点滴滴感受与一往情深。我们清清楚楚地记得，2014年的6月，我们这几个编剧导演演员制作人一起与观众面对面，大家敞开心扉，谈各自在电视领域的经验与体会，谈责任，谈修养。

当年，电视节找到我来当嘉宾主持白玉兰论坛，多多少少是因为我是个编剧，可以与导演演员有更好的沟通吧，当然，还有包容，更多的是信任吧。人啊，一旦承担信任，就希望自己配得上这份信任。自2014年起，我已经整整做了十年上海电视节白玉兰论坛的嘉宾主持。每年6月，在电视节上，与同行老师前辈新人相聚一堂，畅谈创作，交流资讯，分享得失，并对行业问题亮出观点或提出建议，这些都成为我人生的重要时刻和难忘记忆。十年一挥间，我也从这里深刻感受电视剧的发展，真切地看见电视人的成熟，也实实在在目睹中国电视剧精彩纷呈的当下。2024 年，我主持的第 29 届上海电视节"白玉兰对话·'影像引领 文旅共融'开幕论坛"，来自英国《九号秘事》的编剧导演主演 Reece 和 Steve 说这是他们第一次来上海，喜欢上海菜。谈到创作，Steve 说："人的故事和景的故事要交织生长。"

"电视人的自我修养"这个话题，到今天仍有意义。今天我回忆起 2014 年 6 月，我们几个在论坛前的讨论与磨合。阎建钢导演说，讨论电视人的自我修养，其实是很难的点，这个话题听起来很大很宽泛，稍不留神就容易说成套话了。所以话题需要细节与故事的烘托，那么也就需要嘉宾们一起表达真诚，以个人的感同身受去谈去诉说去表达。阎建钢导演到底是个读书人，在话题的深度上，他有自己的立场与观点，而且他足够犀利、坦然，说真话。而演员方芳老师能言善辩，几乎任何小事儿，她都有将它们演绎到生动活泼的能力。顺着回忆再延续一下，2013 年，她在上海文化广场演出《当岳母刺字时媳妇是不赞成的》舞台剧，她一人分饰多角，因为那天大雨，观众并没有想象得多,谢幕的时候方芳老师不免失落,她面对观众也袒露心声:今天的观众不是很多,我有点失落,可是到场的观众都看见了我们的表演了……当时,外面风大雨大,在现场的我很被感动。因为坦然与真诚是艺术家必有的修养啊。所以当我们讨论论坛的主题时,方芳老师爽快地表示:放心,不会冷场,她会负责论坛的强度。而吴奇隆,1988年作为小虎队成员出道的形象早已深入人心,此时他已经转向幕后做了制作人,又兼具演员的身份,他在话题的广度上有更多施展的空间。于是,我们说好了导演负责深度,方芳老师立足强度,吴奇隆则拓展广度,各自展开对电视人修养的一个思考与讨论。2014年6月11日,上海展览中心西二馆的一楼,第20届上海电视剧白玉兰论坛《论电视人的自我修养》真是精彩。大家有感而发,言之有物,比如,对编剧来说,我们究竟是在"小题大做"还是"大题小做"?阎建钢说做导演就要扬善,把美好品格恰当地传达给观众;吴奇隆在论坛上讲述了自己从业的观点与思考,谈及电视剧这一行做久了是什么让大家继续坚持这个话题,他说:不是因为有希望才坚持,而是因为坚持才有希望。

一晃十年,这次看见的吴奇隆,依旧还是从前的样子,并保持低调谦虚。而在公益活动上的方芳老师,风采熠熠,举手投足,尽显气度。这些年,她也一直奋斗在电视艺术领域,无论角色大小，由衷热爱。2023年她在福建拍摄电视剧《春色寄情人》时，我去探班，她那天拍了一天雨戏回屋，瑟瑟发抖。晚上，我在她租的小房子里吃火锅，她依旧沉浸在角色的世界里，她说在这一行待久了，始终觉得每个人物的塑造都要深挖进入角色的心理世界，这样演起来才过瘾，观众才相信。第29届上海电视节，阎建钢导演二度担任了白玉兰奖电视剧单元的评委会主席，2023年他拍摄了电视剧《人生之路》，部分取材于路遥中篇小说《人生》，将一个在时代的浪潮中平凡人的不平凡人生故事表现得深刻细腻，大气磅礴。

十年之后，我们依旧是朋友。我也十分珍惜与他们之间的友谊。我与阎建钢导演合作过电视剧《岁月如金》，张丰毅、颜丙燕主演；跟方芳老师合作过电视剧《生活启示录》《大好时光》，胡歌、闫妮等主演，当然也遗憾没有跟吴奇隆合作过。不过，时光飞逝，十年以后我们依旧在电视艺术领域里奋斗前行，彼此会心一笑，仿佛在说：嗯，十年不算久，对创作者来说，这是一个爬坡的过程，也许永远在爬坡呢。

书写美好时光

站在爱沙尼亚塔林城中的半山坡,正是黄昏,一只灰褐色鸽子,亮着炯炯有神的目光,翅膀扑簌簌地,轻盈地停在石檐上,黄昏光芒里,它的羽毛泛着丝绒般的光泽;远处,红黄相间的屋顶,教堂的尖顶涂上光晕,遥迢的蓝色,是海天一色的远方。

这是 2016 年 12 月 5 日,我随一个代表团访问爱沙尼亚、意大利与希腊。我们到的第一站是爱沙尼亚的古城塔林。

塔林位于爱沙尼亚西北部波罗的海芬兰湾南岸的里加湾和科普利湾之间,是北欧唯一一座保持着中世纪外貌和格调的城市。

黄昏的光芒里,我看见眼前一个窗户里,鹅黄色的灯光洒出来,温柔地缠绵地印在石子地上,泛着好看的金色;白色的窗棂有些陈旧、斑斑驳驳。然后,我看见那整面橡红色的墙上,认认真真写着几个字:"The times we had"(我们共度的时光)。

我最近在读《兼容的盒子》(夏意兰、保罗·德沃图)。

作者在 2011 年 9 月和先生保罗在当时的新华小商品市场闲逛，发现每个摊主在自己约六平方米的小空间里忙碌，工作兼顾生活。于是，从 2011—2017 年，作者在上海一条小商品市场弄堂内，开启了一个名为"兼容的盒子"的杂货铺实验空间，鼓励各路艺术家在此实践个人创意。六年时间，在这个"无经费、无宣传、无解说"的"三无"六平方米空间，每两周变身一次，中外艺术家在此尝试着当代艺术的各种可能性，最终因市场整体拆迁，项目结束，共计完成项目 152 期。

还有本关于城市的书，《另眼相看：99% 被忽略的城市细节》（罗曼·马尔斯）。读过让我们明白，"电线杆是为了一撞就断而立；红绿灯也有蓝色的；有的纪念碑担当了城市的熏香；墙根加入了尿反弹设计，是为了对抗不文明行为……城市的迷人之处不只在于美，还在于问题的解决、历史的局限和人性的戏剧。我们总是自以为了解我们生活的城市，其实每一个城市都充满了许多被你忽视的细节。"

说回 2016 年 12 月 6 日，我在塔林大学做了主题为"从电视剧里了解中国当下老百姓的生活"的演讲。我和塔林大学的师生们分享、交流了自己从事影视编剧工作多年来的感悟体会。演讲结束，学生的提问有：我感兴趣的题材是跨国恋，有没有跟中国合拍这个题材的可能性？跨国婚姻的故事，如何能反映在荧屏上？

我诚实地回答，因为我没有这方面的体验，所以关于这个题材必须长久地去接触有此经历的人和事，他们的困境在哪里？两个人怎么开始的，有没有走下去？是什么"卡"住了停滞不前或者"分崩离析"？感情是非常非常个人的体验，很多的细节也只有经历过的人才有痛楚与焦灼。而独特性又是电视剧创作非常必需的，否则都是大千世界的男欢女爱，没有特色。

2023年9月17日，我在香港湾仔街头，见到了我教过的一个学生小李。他是我2012年3月在新加坡讲学期间的学生，那么多年，他一直叫我"师父"，他说你教过我一天也是我的师父，这让我十分不安，当人老师是很严肃的一件事情。

我走进小李位于湾仔的一间临街小店。小李说：师父，你教的剧本课我终于学以致用了，因为我店里的招牌菜都是我用想象力表达的故事，很受客人喜欢。学剧本也可以用在生活处处。

我看着墙上贴着的关于菜式的传说故事，菜的名字叫"家传思乡鸡""黄包车猪手"等，一看就有故事，真是让人忍不住笑了。学以致用当然是好事儿。

2012年3月在新加坡讲课的时光是我人生很快乐的日子，不仅仅是每天跟同学们相处，也因为每天能感觉到真诚与百分之百的交付。我们移开桌子，将凳子围成一个圆圈，我们就坐在圆圈的里面，大家一直在剧本接龙，每个人奉献的故事，都是自己经历的困惑的痛苦的故事，也因此有了百分之百的饱满度。

比如有个学生说，她的父亲离开了，她正经历着人生最黑暗的时刻，唯有写作让她平静；另一个学生说，自己的丈夫出轨了，她想变成能写剧本的人，将黑暗揭示人间；还有一个出租车司机说，他每天接送客人，正经历着别人几辈子都无法经历的生活。

我就跟学生们讲了一部我的电视剧，《谁懂我的心》，我讲了我写这个戏的过程。当时这个作品也应该是国内较早一部反映人们心理问题的电视剧，通过片中三个家庭，两代人的人生纠葛，剖析人们的情感状态，探讨城市生活中心理疾病、不良情绪对人的影响。

每个人都有坏情绪，可是当你写作的时候，个人与社会得结合起来，也许是让更多的目光来投射了。《谁懂我的心》我尝试用悬念推理的叙事手法去写作，尽量让观众在紧张的情节中层层深入剧中人物的情感纠葛之中，慢慢揭开事件的真相。

为了这个戏，我去采访一位唐老师，一位史老师，他们以前都有婚姻，各自的伴侣生病走后，他们才慢慢结缘、结合。他们各自说了对方让自己感动的那刻。唐老师说，她有三件事情很使自己心动。半夜的时候，常常看见史老师起来给自己压被子；走在马路上，他叫她朝里面走，更安全，她不肯，也不走外面，跟在他的后面默默走；每年的冬至，她给他炖补品——那可是从前的妻子每年为自己做的家庭功课啊！

史老师说，他也有三件事情令自己欣慰。厨房里烧菜烧到热火朝天时，他剥好了橘子送到她的嘴里；每天的饭后，搭配的药丸拿在手里，等到她吃下去才踏实；为了给她安静的环境，二话不说搬离了住了几十年的老房子……

有一次唐老师生病，发烧时梦里叫着的名字却是前妻，史老师当然听见了，觉得很正常，也很应该。于是，这个特别的家庭里，他们结婚照片的后面，也摆放着各自跟以前伴侣的照片。他们说，这样很好，做人要讲良心和感情的。

唐老师说，我和史老师虽然是半路夫妻，可我们共同生活后，我悟出了人生的三个道理。唐老师诗情画意地说："爱情，就是两颗心变成一颗心；结婚，就是两个人变成一个人，而再婚，就是两份家变成一份家。"

当我跟学生说这些的时候，我分享着这些，也想告诉大家，写作需要付出更多文字以外的努力。

那年的 11 月，我的母亲离开了我。我非常痛苦。没有想到几乎每天都有我带过的学生们给我发来短信。他们每天一个问好与安慰，让我一天比一天平息很多。后来，那些学生来上海看我，说起当时大家互相通气说，老师的母亲去世了，我们能为她做的，只有每天一个短信去安慰了。

当时，我的眼泪就迸出来了。我记得在那段难熬的漫长的日子里，是我的学生一天一天给了我鼓励。他们给予我的比我能给予他们的，应该更多。

2023 年 9 月的晚上，我在小李的店里，看着他烧菜的背影，突然就想起那句"The times we had"。一会儿，他端上了他做的饭菜，有大虾，有青菜，还有一条鱼。他美丽的妻子给我们倒茶，隔壁的老伯也过来蹭杯酒。老伯站在那里问我，小李说他以前写过剧本。我说，是的，他写过的，而且他写的剧本还参加过上海电视节的华语剧本推荐会。

2012 年 3 月，我结束了新加坡的讲课以后，学生们通过邮件给我发作业，我常半夜三更给他们批改点评，相当辛苦。当年的 6 月，学生中的十位，来到了上海电视节，他们带来自己的原创剧本，参加了华语剧本推荐会。当时我就坐在会场，当我看着这些对文学对艺术对电视剧充满热情的脸庞，看着他们认认真真努力介绍剧本的样子，看着他们朝我投来感谢的目光的时候，我相信，写作是美好的。

2023年9月，香港湾仔的晚上，小李与妻子送我们到路边，夜晚的香港，空气中有着海风的味道，夜色如洗。

小李说：我还是要写作的！

2012年的3月，当我走进教室，30多个学生坐在那里，他们看着我，我的目光扫了一下大家，我说，现在就请大家先做自我介绍吧！轮到小李的时候，他站了起来说："我叫小李，我是一名出租车司机。"

现在的他，经营着小店，也继续做着文艺的梦想。

那么，加油吧！

说斯瓦希里语的媳妇儿

一

00后的学编剧的小姑娘问：什么叫电视墙？电视机要柜子干什么？然后她说，家里没有电视机，她看剧用平板，或者用手机看。

不知不觉，电视剧的传统收看习惯改变了。以往一大家子围坐看电视剧的场面，越来越稀罕了。

朋友说，我现在不看电视剧了。

听着真是心里一紧。

自己是写电视剧的人啊。

年轻编剧说，我们现在写作，先看网络热搜，再跟Kimi、豆包以及DeepSeek那么一聊，大致故事就出来了，取自己需要的，摒弃自己不要的。再加入情感以及个人元素，如果再有那么几个独特情节或细节就更好了。

时代在发展，了解它，接受它，拥抱它当然最好啦，对我们这波传统编剧来说，习惯无法一时间转换，心里也一直执拗着，该坚持的还得坚持。

比如，深入生活，对素材的掌控；比如，了解你要写作的人物经历，跟大时代的发展息息相关，找到她，理解她，创作她。

一个写作的小朋友说，现在编剧容易得多，因为有很多专业人士的公众号，我们跟他们取得联系，再从网络中获取大量典型故事，再进行虚构。

我深呼吸，如果都那么容易就好了。

二

然后，就想起 2002 年。

上海电视台有档很特别的法制节目叫《社会方圆》，《社会方圆》的立足点是"法律视角、人文情怀"。一集一个故事，一个观点。主持人与法律专家和代表群众心声的社会人士一起展开讨论和分享。优秀律师周知明先生，站在法律角度剖析案情，我则为普通群众说话，提出问题或者亮出不同意见。

这个节目，我陆陆续续参加了多年，让我受益匪浅。比如，有集关于老人遗嘱一波三折故事。这个故事给了我灵感，然后顺着这个故事采访了当事人，再找到同类题材的人物进一步采访，追踪，然后根据这些栩栩如生的故事，再提升到剧本里，变成剧本里的合乎逻辑的故事细节。

在《媳妇的美好时代》里，柏寒老师演的曹心梅离婚后再婚、再婚丈夫去世后，她了解到丈夫居然提出要跟前妻葬一起的意愿，这对曹心梅这个人物刺激非常大，她一下子发作了，久久压抑的情感，以及自己过得不如意与前夫过得活色生香的对比，让人物变得极致，更加爱钻牛角尖，于是人物的起伏与特色也更加丰富……这个案例是真实的，但是真实的案例用在剧本里，一定要挖出合理性和前后戏剧中的统一性。

我很感谢那段踏实、勤奋、努力的日子，我以为，剧本的写作，要有出处，知道细节追根溯源来自哪儿。扎根现实是需要编剧在现实中找到相应的真实性。这样才有说服力，才有根基。

这在今天看来，真是老式的做派吧。

三

当然，我尊重所有的选择和创新的创作手法。不过老实的创作做派也是我们这一代编剧的特点吧。最近在做新剧的大纲，依旧是老老实实做人物、做故事、做大纲、做分集、做分场、做剧本……现在更爱喜剧了。真的因为想多看欢笑的东西、开心的东西、鼓舞人的东西、解压的东西，也适合一家老小看的东西。最根本的，就是讲人与人之间的美好故事。

2018年6月26日，我应邀参加在北京举办的"第四届中非媒体合作论坛"，我在会上还发表了演讲，讲述了关于电视剧《媳妇的美好时代》的创作过程。我说了想写喜剧，并且希望带给人们笑声与欢乐的创作初心。会议散场的时候，一位非洲小哥上前跟我说，他和他的家人非常喜欢这个电视剧，他说："就像我们身边的故事一样。"

很多朋友去了非洲后回来告诉我，你知道《媳妇的美好时代》在非洲有多火吗？数据统计显示，有高达70%的坦桑尼亚电视用户看过《媳妇的美好时代》。2011年，《媳妇的美好时代》被译为斯瓦希里语在坦桑尼亚国家电视台首播，然后在肯尼亚、乌干达、坦桑尼亚、塞内加尔等地刮起了一股"中国媳妇风"。据说，在坦桑尼亚，有更多的大家庭，子女和父母甚至和亲戚都住在一起。正如坦桑尼亚观众所说，他们那儿有恶婆婆，也有善婆婆；有厉害的媳妇，也有孝顺的媳妇。

2019年夏天，这个剧又走进了伊拉克。阿拉伯语配音的这一版还在埃及、阿尔及利亚等阿拉伯国家播出，也很受欢迎。

中国电视剧从1958年拍摄了第一部国产电视剧以来，已走过了67年的征途。自己能参与、经历、感受并一起成长，很是幸运了。我的美好念想至今没变，如果电视剧能给人带来欢乐和感动，那是多么美好的一件事儿啊。

四

2017年9月，《生活启示录》在蒙古国举行主创与观众的见面会。我和导演夏晓昀，演员胡歌、闫妮一起来到乌兰巴托，这部电视剧的蒙语译制版于2017年7月17日在蒙古国家公共电视台首播，并在同期播出的电视剧中收视率位居第一。在此之前，《生活启示录》曾被译制成阿拉伯语，在突尼斯、约旦、黎巴嫩、埃及等7个国家的8家主流电视台联播。

下午的见面会上，有观众热情洋溢地唱着剧中的主题歌，其中有一位说闫妮的发型是她要模仿的。晚上，我们几个去了当地的超市，因为连轴转的宣传，几乎都没有看看乌兰巴托的风光。我们进了超市并在卖骆驼奶的柜前停留，这还真没喝过，正想买的时候，听见边上有人叫起来，听不懂语言，但是很快敏感发现是演员被当地的观众认了出来，他们发出了惊讶和喜悦的叫声……导演拉着我们拔腿就跑，我们从超市的货柜间跑向走廊，再从出口跑向马路……夜深人静，我们几个站在异国他乡的路边，回想刚刚超市的一幕，忍不住都笑出了声。

我跟闫妮说，她们喜欢你的发型，闫妮风情万种地一笑："那当然啦！"

长成了剧本的样子

大概 2003 年的时候，好朋友小蔡拿来 164 集的韩国电视剧《看了又看》的 DVD 借给我，她说："赶紧看，我租的！"

那时，该剧已经在中央电视台播出了，韩国是 273 集，中国 164 集，因为时长不一样，韩国 30 分钟一集，我们 45 分钟一集。热烈的观众等不及电视台细水长流地播出，迫不及待去租或者买 DVD 了。

那个时候的街头有很多卖 DVD 的小摊小店，我常去的一家在南丹路上，店面不大，边上有五金店和卖睡衣睡裤的杂货店，DVD 店的老板娘坐在门口，胸怀全局，目光炯炯，门前谁谁谁一站，她一目了然就知你是不是目标客户。当我试探地想问有没有某个电视剧时，她在一排琳琅满目的剧集中分毫不差地抽出你要的那个碟。因为店面简陋、粗糙，显得她"不思进取"，所以那些简装的碟片就堆放在门口，像卖袜子拖鞋一般随意，且很便宜。我们留了电话号码，她允诺新到了什么剧立刻电话我。果然，数日后，她短信过来："来吧。"接头暗号简明扼要，我直冲过去，看见一扎碟片用橡皮筋捆住，都是新的剧集。

我不知道那个店是何时消失的，很多时候，当你无意中走过路过此地，发现当年的小店已经不复存在了。这才想起，很久很久没有接到那个短信了。哦，那还是短信年代。

很多的记忆都成为滚滚红尘的传说了。

话说回来，小蔡借给我的《看了又看》，我飞速看好还给她。《看了又看》讲述了两个家庭的故事。金珠与银珠是一对姐妹，但生活境遇不同。银珠与检察官朴基正相爱，金珠则与基正弟弟基丰走到一起。然而，他们的爱情却遭到基丰和基正奶奶的反对，两对恋人的爱情故事此起彼伏一波三折滔滔不绝。

没过几天，可爱的小蔡又租来了81集的韩剧《澡堂老板家的男人们》，该剧表现了澡堂三代大家族的生活。

我都一一学习了。韩剧无比的生活、琐碎，却令人欲罢不能。2004年我在一次会议上认识了申铉泽先生，大家叫他申会长，他就是《澡堂老板家的男人们》的出品人和制作人，我通过翻译表达了我对创作出如此漫长电视剧编剧的敬意，能写几百集电视剧的编剧都是马拉松运动员。

2006年，申会长与日本作家市川森一先生推出了亚洲编剧大会，后来这个会议成为亚洲最大规模的电视剧专业研讨会。我很幸运参加了13届，也有幸与优秀的亚洲电视剧编剧们交流分享创作心得。

2006年，釜山的海边，我见到了《冬季恋歌》的编剧吴秀贤女士。虽然通过翻译来沟通，但眼神告诉我们各自都不容易。她跟我分享："要写出作为我们女人的感觉。"这需要通过大量细节以及刻画细腻的情感层次来表达戏剧效果，女性的第六感或者下意识，都是稍纵即逝的流星，但是捕捉到的编剧自然有独一无二的情节。

那个时候，编剧卢熙京女士还未像现在这样事业如日中天，她在会上介绍了她的作品《生活如歌》，又译《我愿成为流行歌》。她写了一对中年夫妇不满现状，彼此折磨，互相隐瞒又自我包装的过程。我问她如何写出渐渐老去的男人和女人的心灵世界？是完全的想象力还是周遭有对应的人物范本？她很抽象地说："我们的生活寒酸、简陋、卑劣和无可奈何，人生的苦恼在于，人们往往把人生过于理想化了。人生的苦恼正是源于此。"如果写作能够上升到理论层面或者哲学境界，那创作者应该会越写越远且随心所欲。当然，这很难。2013年，她编剧的电视剧《那年冬天风在吹》播出。这个剧在日本有原著，叫《不需要爱情的夏天》，作者是龙居由佳里，龙居由佳里说，她对韩国重拍她的作品非常欣赏。卢熙京则表示，现在观众不喜欢傻乎乎的女孩子为主角，观众喜欢聪明的男女主人公。这几年，我继续关注卢熙京编剧，去年，当我看了卢熙京女士创作的电视剧作品《我们的蓝调》，非常喜欢，也很佩服。

那天的海上，一位美丽的女子令人忍不住多看一眼，她就是日本编剧中园美宝女士。她一袭白色衣衫，浅蓝色围巾搭在肩头，海风吹过，给人一种仙乐飘飘之感，她耳上滚圆的珍珠泛着淡淡金色，大眼睛里故事很多。我问她是不是当过演员，她说她还做过广告人和占卜师的工作。她对自己毫无遮拦的样子让我感到十分亲切，也使编剧间的话题自然而然过渡到生活与爱情。她当时在会上讨论的剧作是她编剧的《大和抚子》。她说，少女时代自己就发誓将来一定要找个有钱人，结果现在她已经把找有钱人变为找"有缘人"了……话说这样，也理解了《大和抚子》里的女孩子最后还是明白情比金坚的意义。2025 年 3 月，我看见新闻说由中园美宝编剧的电视剧《红豆面包》在日本播出。

我现在保留着当年的日记与图片，海浪波涛闪闪，我们一起喝酒，海涛的声音让我们彼此鼓励，要写更多的文字献给这个世界。

从那以后，我们这些编剧几乎年年都见，年年相逢的惊喜成为我们的节日。我们细细观察对方有没有变得臃肿，眼神有没有发生改变。我们说：千万不要跟女编剧当朋友，因为她比你更提前知道你的秘密。虽然语言不通，但是大家彼此还是感觉息息相通。

2010年9月，在韩国首尔的编剧会上，我带着《媳妇的美好时代》，与韩国编剧苏贤晶女士，她是电视剧《灿烂的遗产》的编剧，以及日本编剧尾崎将也先生，他编剧了电视剧《不能结婚的男人》。我们仨作为中韩日三国的编剧接受了大会安排的采访。

在一个会议室，我们有点尴尬地微笑，因为语言问题，大家就只能压缩时间，尽可能去领会和明白对方的意思。会议室很小，大概就只能放下四把椅子，所以后来拍的合影，我们的头都显得巨大。苏贤晶女士说："《灿烂的遗产》自播出以来，虽然得到了广大观众的交口称赞，但是我的创作初衷却不是为了得到称赞而创作的。电视剧虽然是虚构的艺术，但是鲜活的生活性才是让观众得到广泛的共鸣和感动的法宝。"日本编剧谈创作《不能结婚的男人》体会是，"电视剧要能够解读时代的风云，要能准确把握观众的需求。"而我则分享说："每个家庭的故事，也是社会发展的缩影，我们从平凡人身上找到勇气以及励志的美好。我喜欢反映和表达人与人之间的善意。"

那个时候，好朋友小蔡已经不给我借碟了，因为我看得太慢没有及时还给她。我就到处去借或者去租。在古北一带，我发现了一家无所不能的 DVD 小店，那里的服务员居然都会日语！店里有英文日文，有专门的动漫区域。所有的 DVD 都分门别类，比如：古装、现代、国外、等等，门口常年灯火通明。我因为去了那个店，就顺便在边上的服装店停留，服装店的服务员是安徽人，老乡聊起来，分外亲切，有时她会端上茶水，你就更加不好意思不买了，买了么又心疼，每次进去与出来都要跟她"斗智斗勇"，弄得我十分苦恼。再往前走几步，是一家叫"伊豆"的烤肉店，烤肉店在 2019 年闭店了，闭店的前一天，我跟先生特别过去再吃一次，文质彬彬的老板与漂亮的老板娘跟我们一起合影，留下了十分难忘的纪念。2024 年年底，我跟老板娘一家在仙霞路上的烤肉店重逢，说起当年那条路上的点点滴滴，眼泪汪汪，往事如歌。

话说 DVD 店的里面，像图书馆一样，有立体书架，精装的 DVD 从头到脚摆放在架子里，所谓的"从头"，是你踮起脚可以拿到，或者你仰脸可以看到的内容。服务员很多，你刚刚要问什么，他们立刻就走到你身边，对任何剧集都如数家珍，娓娓道来。当然，那时候街头也常常有更便宜碟片的小摊，有的是一个凳子上摆了一个纸板箱，你要趴着伸手往下掏，冷不丁地会掏到一个意外惊喜；也有的是骑着三轮车临时售卖碟片的，三轮车的后斗里，堆放着碟片，5元一张，或者三张10元。三轮车的前面，还有鲜花卖。

2014年，韩国电视剧《来自星星的你》火热，那年3月，我在首尔的一家咖啡馆跟该剧编剧朴智恩见面。我问她知道自己的剧在中国有多火吗？她说："我在韩国看到过中国的新闻，（《来自星星的你》那么红）我想是不是太夸张了，不会吧，我有点不敢相信。我身边去过中国的朋友都看到了，回来告诉我，（这戏）真的在中国特别红。"我问她如何处理压力？她说："我一般写电视剧，写完8集才开始拍，但这部戏写到第6集就开始拍了，所以我是有点负担有点压力的。而且这部剧的男主角是外星人，外星人我没见过，刚开始的时候，该怎么写、该怎么做，我很困惑。当然这样也有好处，我写的时候，可以听到其他人和观众的意见，也可以看到演员表演的感觉，可以进行改变、调整。"

我们国内的电视剧一般都是全部写好再拍，而韩国是边写边拍。当然，现在我们的电视剧拍摄也有飞页，编剧的压力就可想而知了。

朴智恩问我写一部电视剧大概要多长时间？我回答："前面讨论的时间会非常多，主要是我跟导演，当然工作人员也会给些意见，这段讨论的时间大概要3个月。写《生活启示录》

我写得很快，用了半年。"朴智恩介绍说她写外星人的题材以前就想过，但是策划的话，大概要六个月时间。"因为这次是1到6集写完再拍的，所以我第1到第2集是分别一集一个月，两集一共两个月，第3到第6集是两个星期写一集，7集以后就是一边拍一边写的，一个星期一集，有时候一个星期两集。"我感同身受，我说，"第一集会推翻无数遍，一般第一集就定整个剧的基调了。"朴智恩说，"第一到第四集最难写，因为要设计主角和故事。所以说刚开始的时候最难。"

我再问："我看了你的剧，你让我相信了有外星人存在。我觉得好的编剧应该有一种能力，让观众相信你的故事。但我发觉你在《来自星星的你》后半部分，把哥哥也就是坏人的线渐渐写淡了，而且很快就收尾了，这么处理是不是受到观众意见的影响呢？"

朴智恩答："我这部剧基本上都是爱情故事，而哥哥这条线和爱情这条主线关系不是很大，只是加强可看性的元素，写到后面我就觉得需要渐渐削弱这条线，因为主人公的爱情故事更重要。""我写剧的时候，很多人都跟我说了他们的想法，演员、导演、观众都有各自的意见，其实刚开始时我就已经想好，因为男主角身份是不一样的，不能像普通人那样获得幸福，所以尽管我也想要给他们一个幸福的大结局，但这个幸福一定是非常特别的，取决于主角的身份，所以他们两个人的幸福不是平凡人的，而是外星人与人类的幸福，所以后来他们不是每天都在一起的。"

做编剧的，都会有颈椎、关节等问题，朴智恩也是，她说写成一部戏要"老"好几岁，当我说我的小拇指关节现在都有点不好，她说她发现我们的手指关节好像很像。有时候手指还会很痛。而且她去医院看颈椎，医生都问她是做什么的，因为她的颈椎硬得像石头呢。我说我写作时睡眠很不好。她说她平时都关灯睡觉，但是拍电视剧的时候，"我就一直开灯开电视机，在沙发上睡觉，因为关灯以后我担心会睡过头。拍戏的时候，我就一直趴在桌子上写戏，去洗手间时也在想戏，吃饭的时候还在想。特别累的时候才会去沙发上睡一会。我写三天的话，一般前两天构思，一天用来写，最长可以写十四五个小时，我们忙的时候就是这样，因为是一边拍一边写的嘛。"

我们分享了在咖啡馆写作的体会，我说为了应对辛苦，有的时候我会在咖啡馆写作。她说她也是，太安静不行，我需要有音乐、有人。韩国有一个咖啡店开到凌晨 5 时，从 4 时半开始打扫，她一般从晚上坐到次日凌晨 4 时。

我曾经在古北一家咖啡店写作，那是一家开设于 2002 年的咖啡馆，以现场烘焙为主，24 小时营业，我是早上 7 点过去，找有电源的位置，当然最好是靠着墙壁的，这样不会有人在你身后晃来晃去。我早饭中饭都在那里吃了，如果上卫生间，服务员就帮我看着电脑。我还在衡山路上的咖啡馆写作，那里的王老板也很贴心留好有电源的位置，靠窗，写累了，就看看外面的风景。2023 年 3 月，听说那个咖啡馆要关闭了，3 月 13 日那天，我出差回来匆匆忙忙赶到了那里，想着拍点照片留个纪念，王老板和服务员看见我，都有点伤感。在这个咖啡馆，有很多难忘的故事。有一次，我跟李子云老师、淳子老师一起坐在靠窗的位置上，王老板额外送来一份水果。我喜欢那个靠窗的位置。有时候写累了，就到吧台跟服务员聊天。服务员问：写得顺利吗？我摇摇头，她们就分散我的注意力，说点八卦，比如，一对男女在咖啡馆里坐着，服务员说，他们很"那个那个"，回头一看，那男人女人表面喝着咖啡风平浪静，咖啡桌底下他们的脚早已打得热火朝天。

时光回到 2014 年，那一年，我跟朴智恩一年见了三回。第一次是 3 月我们在首尔的那次对话；第二次是 6 月，她来上海参加上海电视节，我们在颁奖礼上相逢，我祝贺她获奖；第三次是 2014 年 10 月，我们一起参加亚洲电视剧研讨会。去年她的作品《泪之女王》据说也不错。

这样的相逢，现在想来有鼓励的意义。2019 年，第十四届亚洲电视剧研讨会在首尔召开，我分享感受："我依旧记得十几年前我第一次参加这个会议的情景，我们一起分享电视剧创作的感受，也见证了亚洲电视剧发展的路程。"

时光回到 2006 年的海边，黄昏的时候，我们几个女编剧在海边合影，美丽的光芒像金子一般铺成背景，无边无际的大海的声浪像画外的旁白，更像是一部剧的音乐……而我们，就是那些默默无闻且辛辛苦苦写字的人们。

慢慢来，且要不停地去写。创作是孤独的，也是愉快的旅程。

下一次见面的时候，如果变老，相信应该是长成了剧本的样子。

后记

在记忆里,很多的画面和细节,令我难忘。

比如,以前回杭州父母家,一进门,父亲就不见了,母亲笑着说:"他呀,到巷口给你买蛋糕去了。"

在黄昏的小巷口,我看着父亲迈着小心翼翼的步子慢慢地向我走来,他的右手托着一块奶油蛋糕,因为怕蛋糕上的奶油软塌了,他提着胳膊端着手,显得十分紧张,见我过来,他笑了:"现在可以买这样的零拷蛋糕啊!你尝尝好不好吃,喜欢的话我明天再给你买。"

父亲离开后,我曾久久地站在小巷里,我心里那个严厉的、强悍的父亲,在这条小巷里,留给了我温情的记忆。

记忆里,还有美好婆婆的故事。

有一年,婆婆从青岛旅游回来,她拉我到屋里,关门,"呲"地一下拉开行李包,掏出了几条围巾。婆婆将围巾放到我的手里,有点神秘地说:"你先挑,挑你喜欢的,挑剩的再给你大姑子小姑子。"我问:"我先挑啊?"婆婆点点头,拿起质地厚一点的给我:"这条最贵。"

现在，那条围巾依旧叠放在我的衣柜里，我舍不得用，想起婆婆那略带天真的小表情，心里暖暖的。

还有匆匆忙忙的旅途画面。

更早些的时候，我读大学，从杭州搭火车到南京，哥哥为我旅途中准备了卤好的鸡爪，我将它们放在面前的小桌上，一个接一个心无旁骛地啃起来。此时此刻，对座的男士咳嗽了一下子，然后，他轻轻说："同志，这是我的工作证。"我看看他，有点惊讶，问怎么了？他推了推眼镜，又咳嗽了一下子，道："我可以跟你分享这些鸡爪吗？"

这不是段子，是真实的生活，回想这个画面，至今都忍不住笑出声来。

……

潮起潮落的时光，日复一日的岁月，这些画面、这些记忆、这些感情，我一针一线地缝进生命里，这是生活里值得回味的温柔与美好。

从20世纪90年代起，我努力地做着编剧的工作，目前依旧在吭哧吭哧地写作，我的电视剧大多描写寻常百姓生活的酸甜苦辣，我希望那些故事与人物给人积极乐观的鼓励，在我们辛苦的人生里，有一点点愉悦与励志。

当然，我也一直在写小文章，记录凡人小事，也记录创作点滴。于是，有了现在的这本《长成了剧本的样子》的小书。

这本小书，收入了我最近的小文章，有些发表在《新民晚报》《人民政协报》《解放日报》《中国艺术报》等报刊，也有的是以前的小作加入了当下的感受重新完成，还有的是我边走边写的编剧心得，希望读者朋友可以接受并喜欢这样的小插曲、小感受、小故事。

感谢《新民晚报·夜光杯》的刘芳老师，她一直在鼓励我，也感谢阎小娴老师、杨雪老师、栾吟之老师的帮助。

特别谢谢文汇出版社周伯军老师、以及我的编辑陈屹老师的支持与包容。

图书在版编目（CIP）数据

长成了剧本的样子 / 王丽萍著. -- 上海：文汇出版社, 2025.8. -- ISBN 978-7-5496-4570-1

Ⅰ. I267

中国国家版本馆CIP数据核字第2025R6V274号

上海文化发展基金会资助项目

长成了剧本的样子

王丽萍　著

出 版 人 / 周伯军

责任编辑 / 陈　屹
装帧设计 / 张　晋

出版发行 / 文汇出版社
　　　　　　上海市威海路755号
　　　　　　（邮政编码200041）
经　　销 / 全国新华书店
印刷装订 / 上海颛辉印刷厂有限公司
版　　次 / 2025年8月第1版
印　　次 / 2025年8月第1次印刷
开　　本 / 890×1240　1/32
字　　数 / 150千
印　　张 / 8.625

ISBN 978-7-5496-4570-1
定价 / 58.00元